새벽의
방문자들

새벽의 방문자들

장류진

하유지

정지향

박민정

김 현

김현진

다산
책방

장류진

새벽의 방문자들

2018년 단편소설 「일의 기쁨과 슬픔」으로 제21회 창비신인소설상을 수상하며 작품 활동을 시작했다. IT업계에서 7년 동안 일한 경험을 바탕으로 쓴 단 한 편의 소설 「일의 기쁨과 슬픔」이 이 시대 한국을 대표할 만한 '하이퍼 리얼리즘' 소설로 평가받으며, 문단뿐 아니라 소셜 네트워크 상에서도 폭발적인 인기를 얻고 있는 신진 작가다.

여자의 두 눈은 모텔을 찾고 있었다. 여자가 찾는 것은 '모텔'이었다. 혹은 '섹스'였다. '하룻밤' 또는 '원나잇'이 었다. 그도 아니면 '모*텔'이나 '섹/스'였다. 모텔이나 섹스 혹은 그것을 에둘러 나타내는 단어와 문장과 문맥들이었 다. 여자는 마우스 포인터를 '규제' 버튼 위로 가져가 클릭 했다. 팝업창이 떴다. 욕설, 도배, 영리 목적, 개인 정보 노 출, 음란 성인광고로 나뉜 카테고리의 마지막 난에 체크하 고 전송 버튼을 눌렀다. 하나의 섹스를 지우는 동안 또다 시 수십 개의 하룻밤과 원나잇과 모텔과 여대생과 환상적 인 밤들이 생겨났다.

포털사이트의 관계사에서 근무하는 여자가 최근 맡게 된 일은 댓글 모니터링 업무였다. 게시물 규정에 어긋나는 댓글을 찾아내거나 이미 신고 받아 들어온 댓글들을 직접 확인하고 블라인드 처리하는 일이었다. 온라인상에 글을 쓸 수 있는 곳은 넘쳐났다. 입력창이 뚫려 있는 곳이면 어디든 누구든 배설하듯 글을 토해낼 수 있었다. 깜빡이는 커서가 들어갈 수 있는 구멍, 그곳에 되는대로 입력하고 엔터키를 누르면 그대로 활자가, 단어가, 문장이 되었고 일 초에도 수만 명의 사람들이 오가는 길목에 아무렇게나 나뒹굴며 노출되었다. 스스로 혹은 누군가 치우기 전까지 그 글은 어떤 형태든 어떤 내용이든—설사 그것이 아무의 발에나 쉽게 차여서는 안 될 '섹스' 같은 것일지라도—서버 어딘가에 화석처럼 박혀 썩지 않고 고이 남아 있을 것이었다. 여자는 그것들을 억지로 캐내고 남김없이 치워버려야 했다.

100% 여대생 만남 보장. 상상 그 이상의 섹*스! 만족하실 때까지 책임지겠습니다. 집이나 모/텔로 직접 보내드립니다. 최선의 가격에 최선을 다해 모시겠습니다. 3시간 5만 원, 긴 밤 10만 원, 횟수는 무제한! A급만 있으니까 골라

드세요. 육감적인 몸매에 어울리지 않는 베이비 페이스, 어떤 남성이든 리드 가능한 스타일, 하는 문장들을 온종일 읽고 있노라면, 이른바 '클린센터'에서 일하고 있지만 여자의 기분은 '클린'보다는 '더티'에 가까워져 갔다.

　정해진 인력으로 나날이 늘어가는 규정 위반 댓글을 수동으로 지우는 것에는 한계가 있었다. 본사에서도 악성 댓글을 줄이기 위한 방책을 마련해왔다. 이를테면 같은 아이피 주소에서 특정 시간 동안 10회 이상의 호출이 오면 5분 동안 글 입력을 중지시킨다거나, 규정에 걸렸던 웹사이트 주소를 기억해뒀다가 원천적으로 차단한다거나, 아니면 입력 자체가 불가능한 블랙리스트 단어들을 계속 추가한다거나 하는 기술들을 개발했다. 하지만 성인광고 역시 그에 맞추어 끊임없이 진화해왔다. 웹사이트 주소는 바꾸면 그만이었고 금칙어 사이사이에는 특수문자를 끼워 넣어 교묘하게 피했다. 개발자들도 최선을 다해 스팸 방지로직을 만들었고, 스패머도 최선을 다해 글을 올렸고, 여자도 최선을 다해 글을 지웠고, 업주들도 '최선을 다해 모시겠다'는 다짐을 하고 있었다. 이쪽과 저쪽이 모두 최선을 다하고 있었으므로, 달라지는 것은 없었다.

*

　여자는 오피스텔 1층 로비에서 곧장 엘리베이터를 타
지 않고 서성였다. 경비원의 책상 옆에 쌓여 있는 택배 상
자 더미를 천천히 둘러봤다. 1204라는 숫자가 적혀 있을
상자를 찾고 있었다. 여자는 경비원이 택배 상자 위에 오
피스텔 호수를 매직으로 크게 써놓는 것이 늘 불만이었다.
쉽게 찾을 수 있어서 편하다는 장점도 있긴 했지만 자신
의 거주지가 그만큼 커다랗게, 쉽게 타인에게 드러나는 것
같아 불쾌했다. 여자는 숫자가 적힌 부분이 바닥을 향하게
상자를 거꾸로 들고 엘리베이터에 올랐다.

　양손으로 택배 상자를 든 채로 현관문을 연 여자가 두
발을 차례로 털었다. 한 짝씩 벗겨진 구두가 현관 타일 위
에 제각기 내팽개쳐졌다. 팔꿈치로는 조명 스위치를 눌렀
다. 미처 불이 다 켜지기도 전, 빈방을 채운 어둠 속에서
제멋대로 돌아다니고 있던 바퀴벌레들이 사라지는 게 느
껴졌다. 오피스텔의 형광등은 한 번에 켜지지 않고 서너
번 깜빡인 끝에 완전히 켜졌다. 최초로 깜빡이는 순간, 온

방 안은 마치 점박이 무늬 벽지를 바른 듯 바퀴벌레로 가
득 차 있다. 두 번째 깜빡일 때는 참깨를 쏟아놓은 것처
럼 온 바닥에 수천 마리가 깔렸다. 세 번째에는 백 마리,
그다음 열 마리, 그리고 마침내 불이 다 켜지면, 아무것도
없었다.

두 눈으로 직접 확인한 것은 아니었지만 여자는 직감으
로 알 수 있었다. 싱크대 밑, 신발장 아래, 옷장 뒤에서 태
연히 숨죽이고 있을 바퀴벌레들을. 그리고 바퀴벌레가 언
제 있었냐는 듯 모른 척하고 있는 이 좁은 방의 거짓말
을. 미처 돌아가지 못한 바퀴벌레 두 마리가 현관 한복판
에 멈춰 서서 더듬이를 천천히 움직였다. 티끌만 한 새끼
바퀴었다. 여자는 택배 상자를 내려놓은 뒤에 슬리퍼를 집
어 들었다. 그리고 이내 그것으로 바닥을 내리쳐서 두 마
리를 한꺼번에 눌러 죽였다. 손끝으로 미세한 이물감이 전
해지면서 팔뚝에 소름이 돋았다. 여자는 자신이 이 방에서
그녀와 함께 서식하고 있는 바퀴벌레들 중에 딱 이 두 마
리만큼의 성인광고를 지우고 왔을 것이라고 생각했다. 그
것도 제일 약하고 작은 놈으로.

여자가 이곳 더블타워 오피스텔로 이사 온 지는 한 달

이 채 되지 않았다. 지은 지 삼십 년이 다 되어가는 낡은 건물이었다. 15층짜리 건물 두 동의 오피스텔을 길 건너에서 바라보면 A동에는 '더블', B동에는 '타워'라는 글자가 한글, 그것도 조악한 궁서체로 건물 꼭대기에 커다랗게 양각되어 있었다. 이 오피스텔은 애초에 거주용보다는 사무용으로 지은 건물인 듯했다. 그래서 그런지 마음에 들지 않는 구석이 많았다. 거주 목적으로 입주한 사람들을 위해 바닥에 원목마루 무늬의 장판을 깔아놓기는 했지만, 기다란 형광등이 달린 석고보드 재질의 천장을 보면 원래는 '텔'이 아닌 '오피스'였다는 사실을 알 수 있었다. 침대에 누워서 실지렁이 같은 무늬가 반복적으로 그려져 있는 천장을 바라보고 있으면 집다운 안락함이 느껴지지 않았다. 여자는 은은한 빛을 내는 스탠드 조명을 주문해두었다. 형광등은 꺼둔 채로 노란 불빛의 스탠드 조명만 켜고 있으면 석고보드 천장이 덜 신경 쓰일 것 같아서였다. 천장보다 더 못마땅한 것은 화장실의 문짝이었다. 오래된 문의 아래쪽에는 지저분한 물때가 끼어 있었고, 공중화장실의 문짝처럼 문의 위아래가 뚫려 있어서 마치 오피스텔 전체가 화장실의 연속인 것만 같은 느낌이었다.

여자는 급하게 이사 왔다. 이전에 살던 방의 계약기간이 끝났는데 재계약을 하지 못한 탓이었다. 집주인이 올려 달라고 한 보증금 액수도 부담스러웠고, 결혼을 염두에 두다 헤어진 남자와의 기억을 빨리 정리하기 위해서는 변화가 필요하다는 생각도 한몫했다. 그 남자, 김은 굴지의 대기업 본사에 근무하고 있었다. 이제 막 삼십 대에 접어든 여자를 제법 어리다고 생각할 정도로 나이가 많다는 점을 제외하면, 여러모로 괜찮은 남자였다. 유복한 가정에서 자라 구김 없는 성품에, 부족하지도 넘치지도 않는 유머 감각. 그리 빼어난 외모는 아니지만 특별히 흠잡을 만한 단점도 없는 멀쩡한 체격과 무난한 얼굴. 여자는 이 '무난하다'는 평균의 가치가 역설적으로 얼마나 희소한 것인지를 해가 지날수록 체감하고 있었다. 여자의 친구들은 모든 면에서 모나지 않고 안정적인 김을 소개받은 여자를 부러워했다. 물론 여자도 그런 김이 마음에 들었다. 결혼하게 되면 부모가 자신의 명의로 마련해둔 신도시의 삼십 평대 아파트에 들어가 살게 될 거라는 이야기를 할 때나 금요일 퇴근 시간에 회사 주차장에서 가장 좋은 차를 대놓고 기다리고 있을 때만 그런 것은 결코 아니었다. 퇴근 후에 단골 와인 바에서 만나 회사에서 있었던 사소한 일들을 다정한 눈빛으로 들어줄 때. 통화 중에 아이스크림이 먹고 싶다고 흘려 말했는데 어느새 집 앞에 커다란 아이스크림을 한 통 사 들고 와 있을 때도, 여자는 분명 김을 사랑한다고 느꼈다.

다만 그와의 결혼을 미루고 피하다 결국 헤어지게 된 것은 이런 장점들로는 설명이 잘되지 않는, 아직까지도 납득하기 어려운 이유였다. 누구에게도 명쾌하게 설명할 수 없었고 누군가 이해해주길 바라지도 않았다. 굳이 표현하자면 김과 함께 있으면 어딘가 맞지 않는 옷을 입고 있는 것처럼 갑갑한 기분이 들어서였다. 단지 그런 모호한 이유로 김과의 결혼을 포기한 여자를 두고 주변 사람들은 미쳤다고 했고 굴러들어 온 복을 차버렸다고도 했다. 네 주제에, 라는 말도 들었다. 여자는 그런 말들을 흘려보낼 정도로 덤덤하지는 못했다. 왜 결국에는 그런 선택을 해야 했는지 스스로도 이해할 수 없었고 남들이 미쳤다고 할 때마다 내가 정말 미친 짓을 한 거면 어쩌지, 라는 생각에 초조해한 적도 있었다. 그래 봤자 다 지난 일이었다. 여자는 김과 완전히 헤어졌다. 어차피 긴 연애도 아니었다.

여자는 외투를 벗지도 않은 채로 침대에 몸을 던지듯 누웠다. 눈을 감았다. 후회가 두려울 때마다 김과의 섹스를 의식적으로 떠올렸다. 그러면 어느 정도 불안감이 해소되면서 자신의 선택을 긍정할 수 있었다. 김은 인상적이지 못했다. 삽입 직전까지 이어지던 여자의 신체 부위 하나하나에 대한 구구절절하고도 애절한 찬사가 무색할 정도로 그 이후부터는 아무런 감흥도 남기지 못하는 타입이었다. 무미건조하고 지루하게 넘어야 했던 김과의 섹스를 떠올리면 자잘한 자책의 파편들을 어느 정도 묻어둘 수 있었다.

천천히 눈을 떴다. 천장의 거무스름한 얼룩이 눈에 들어왔다. 직장에서 멀지 않고 가장 저렴한 곳을 찾아 허둥지둥 계약하느라 입주하고 나서야 발견한 것이었다. 여자는 얼룩 위에 시트지를 붙여야 할지 고민하면서 그것을 한참 동안 바라보고 있었다.

딩동.

느닷없이 초인종이 울렸다. 여자는 무언가 잘못한 게 있는 사람처럼 움찔했다. 이 집에 초인종이 달려 있다는 사실이 새삼스럽게 느껴졌다. 혼자 사는 데다, 아침 일찍 나가 밤늦게 들어오기 때문에 초인종 소리를 듣는 일은 좀처럼 없었다. 게다가 이 집에 이사 온 뒤로는 처음이었다. 여자는 이 오피스텔의 초인종에서 어떤 소리가 나는지 그제야 알게 되었다. 인터넷 쇼핑몰에서 주문한 스탠드 조명이 오늘 도착하기로 되어 있었다는 사실을 떠올렸다. 주문할 때 1층 경비실에 맡겨놓으라는 설명을 입력해두어도 집까지 찾아와 초인종을 누르는 배달원이 간혹 있었다.

초인종은 일정한 간격을 두고 계속 울렸다. 여자는 손에 쥐고 있던 휴대폰을 무음으로 바꾸었다. 발뒤꿈치를 살짝 들고 일어나 방 안을 두리번거렸다. 열 평이 채 안 되는 오피스텔에 숨을 곳은 없었다. 여자는 다시 침대 위에 누웠다. 이번에는 이불을 머리끝까지 뒤집어썼다. 발가락 하나조차도 나오지 않게 이불 속에 파묻었다. 딩동. 딩동. 초인종이 몇 번 더 울리더니 그쳤다. 여자는 배달원의 발걸음이 1204호로부터 멀어지는 소리, 엘리베이터가 올라왔다가 배달원을 태우고 다시 내려가는 소리를 숨죽여 더듬었다. 쥐고 있던 휴대폰 액정이 켜졌다. 집에 아무도 없어서 택배를 경비실에 맡긴다는 메시지였다. 그 순간 여자는 자신이 숨까지 참고 있었다는 사실을 깨달았다. 이불을 걷고 일어나면서 크게 한숨 내뱉었다. 혼자 살면서부터 생긴 버릇이었다. 여자 혼자 사는 집이 알려져 봤자 좋을 게 없다는 생각에서였다. 1204호에 삼십 대 초반의 여자가 혼자 살고 있다는 사실을 누구에게도 알리고 싶지 않았다. 현관문에 달린 렌즈를 통해 밖을 내다보았다. 아무도 없었다. 여자는 그제야 다시 일상으로 돌아올 수 있었다.

*

이사 후에 그대로 내버려두었던 옷장 정리를 더는 미룰 수 없겠다고, 여자는 생각했다. 날씨가 쌀쌀해진 지도 꽤 됐는데 옷장에는 민소매 티셔츠와 모직 코트가 함께 뒹굴었고 그마저도 이사할 때 불렀던 용달 업체 직원들이 함부로 박스에 처박아놓은 상태 그대로였다. 여자는 옷장을 비워내고 방바닥에 옷을 모두 쌓아두었다. 그리고 옷 더미에서 옷을 하나씩 집어 들고 정리하기 시작했다. 철 지나 다시 입을 것 같지 않은 옷은 박스 안에, 여름옷은 서랍 안에, 자주 입는 아우터는 위쪽, 손이 잘 가지 않는 옷들은 아래쪽 옷걸이에 걸었다. 정리를 모두 마치고 나니 새벽 3

시가 훌쩍 넘어 있었다. 그때였다.

딩동.

초인종이 또다시 울렸다. 여자는 귀를 의심했다. 자신이 들은 소리가 현실인지 아닌지 구분하지 못해 당황했다. 딩동. 한 번 더 울리자 그제야 서늘한 공기가 여자의 심장을 훑고 지나갔다. 여자를 찾아올 사람도 없었고, 이사했다는 사실을 아는 사람조차 없었다. 더 남은 택배도 없었다. 무엇보다, 새벽 3시였다. 이 시간에 초인종이 울릴 이유가 없었다. 여자는 자신이 아무것도 예측할 수 없는 상황에 놓였다는 불안감에 휩싸였다. 그것은 불이 켜지기 직전, 바퀴벌레로 꽉 찬 방을 상상하는 일처럼 소름 끼치는 두려움이었다.

여자는 조심스럽게 현관 쪽으로 다가가 문에 달린 렌즈를 들여다봤다. 처음 보는 젊은 남자가 차가운 어둠 속에서 붉은 빛이 도는 복도의 조명을 받고 서 있었다. 차림새가 예상 밖으로 단정했다. 무채색의 정장 차림이었고 푸른색의 타이를 맸다. 블레이저 위에는 무릎까지 오는 트렌치코트를 덧입었다. 굵은 스트랩의 가방을 어깨에 메고 있었는데, 노트북의 브랜드 로고가 쓰여 있는 것을 어렴풋이 알아볼 수 있었다. 누가 봐도 평범한 회사원의 행색이었다. 이 남자가 새벽 3시에 남의 집 초인종을 눌렀다. 그리고 한 번 더, 두 번 더, 계속. 남자는 손을 뻗어 벨을 누른 다음, 뒷짐을 지고 복도의 양 끝을 두리번거리길 반복했다. 나중엔 뒤꿈치까지 달싹였다.

겁에 질린 것은 여자뿐만이 아닌 것 같았다. 남자 역시 무언가 기대에 어긋났다는 듯 당황하고 있었다. 수상한 행색의 괴한도 아니고, 알던 얼굴도 아니고, 새벽 3시니까 여자에게 용건이 있어 온 사람은 더더욱 아닐 것이었다. 여자는 이 남자가 목적지를 잘못 찾아온 행인에 불과하다고 판단했다. 그가 빨리 자신의 집이든 원래 목적지든 제자리로 돌아가길 바랐다. 한밤의 불청객이 돌아가고 다시 고요한 침묵, 자신의 존재가 수백 개가 넘는 작은 방들 속에서 그저 무심히 잊히는 일상이 오길 바랐다. 남자는 초인종 누르기를 멈추더니 이번에는 바깥쪽 문고리에 걸린 우유 배달 바구니의 뚜껑을 열고 그 안을 살피기 시작했다. 조명이 꺼졌다. 복도의 조명은 일정 시간이 지나면 꺼지고 움직임이 감지되면 켜지는 자동이었다. 아무것도 보이지 않았다. 여자가 침을 삼켰다. 그 순간 붉은 조명이 다시 켜졌다.

삑. 삐삐삐삑…… 삑. 삐삐삐삑. 삑…….

남자가 비밀번호 키를 마구 눌러대기 시작했다. 여자
의 머릿속에서 무언가가 툭, 끊어져버리는 듯한 감각이 일
었다. 삐삐삑…… 삑…… 제발…… 삑…… 그러지 마세
요…… 삐삐삑…… 대체…… 삑삑…… 저한테 왜 이러시
는 거예요…… 여자는 속으로 거의 울 지경이 되어 호소
했다. 뉴스에서 봤던 온갖 종류의 범죄들이 눈앞에 스쳐
지나갔다. 문밖의 남자가 번호 키를 누르는 손놀림이 빨라
질수록 터질 듯한 요의가 밀려왔다. 여자는 자신의 키보
다 낮게 달린 현관문의 렌즈를 들여다보고 있느라 엉덩이
를 쭉 뺀 엉거주춤한 자세로 문고리를 붙들고 있었다. 번
호 키만 잠그고 문고리에 달린 걸쇠는 잠그지 않은 상태
였다. 비밀번호를 쉽게 맞출 수는 없겠지만, 남자의 손놀
림이 거침없어서 여자는 남자가 문을 벌컥 열어버릴 것만
같은 공포에 사로잡혔다. 왜 전부 다 잠가두지 않았을까,
후회스러웠다. 여자는 문고리의 걸쇠를 엄지와 검지로 꼬
집듯이 세게 잡았다. 최대한 힘을 주어 왼쪽으로 천천히
부드럽게 돌리기 시작했다. 남자는 번호 키를 계속 눌러대

고 있었다. 삐삐삐삑…… 삑. 삑삑…… 침착하자…… 천천
히…… 천천히…… 삑삑삑…… 천천히…… 삐삐삐삑.

철컥.

걸쇠가 걸리며 문이 잠기는 차가운 쇳소리가 복도에 울
려 퍼졌다. 남자가 고개를 번쩍 들었다. 번호 키를 누르는
소리가 멈췄다. 남자와 눈이 마주쳤다. 여자의 머리카락이
곤두섰다. 마치 남자가 자신을 쳐다보고 있는 것만 같았
다. 아니야, 저 사람한테 내가 보일 리 없어. 아무리 되뇌
어봐도 소용이 없었다. 눈동자보다도 작은 렌즈가, 커다란
유리문이 된 것 같은 기분이었다. 문밖의 남자가 자신을
훤히 들여다보고 있는 것처럼 느꼈다. 그는 뭔가 발견했다
는 듯 점점 가까이 다가왔다. 동그랗게 뚫려 있는 여자의
시야에 남자의 상반신이, 어깨가, 얼굴이…… 그리고 마침
내 새까만 눈동자가 가득 들어왔다. 남자가, 렌즈를 빤히
들여다보고 있었다.

문 하나를 사이에 두고 두 사람이 얼굴을 맞대고 있었
다. 여자는 남자의 속눈썹이 자신의 눈에 닿은 것처럼 느
꼈다. 문밖의 남자가 내쉬고 있을 콧바람이 여자의 인중
에 뜨뜻하게 끼쳐오는 것만 같았다. 너무 빨라서 박자조

차 잊은 듯한 심장박동 소리가 또렷하게 들렸다. 그 소리가 문밖의 남자에게 전해질까 봐 아랫입술을 깨물었다. 여자가 잡고 있는 동그란 문고리는 땀으로 흥건했고, 더 잡고 있다가는 녹아 없어질 것 같았다. 남자는 눈동자를 이리저리 굴려보더니 몇 번을 더 깜빡인 뒤 렌즈로부터 얼굴을 뗐다. 그리고 휴대폰을 꺼내서 만지작거렸다. 전화를 걸지는 않았고 이내 여자의 시야 바깥으로 사라졌다. 구둣발 소리가 점점 멀어졌고 엘리베이터가 내려가는 소리가 들렸다. 그 소리는 최면술처럼 한껏 수축했던 온몸의 세포를 풀어지게 했다. 긴장감이 풀리자 이상할 정도로 졸음이 밀려왔다.

*

요란하게 울려대는 알람 소리에 눈을 떴다. 여자는 어제, 아니 오늘 새벽의 일에 대해 생각했다. 현관문을 사이에 둔 모르는 남자와의 대면을 되짚었다. 여자는 잠옷을 입은 채로 밖으로 나가봤다. 그리고 복도에 서서 현관문을 닫았다. 신호음과 함께 자동으로 문이 잠겼다. 어제 그 남자처럼 초인종도 눌러보고 우유 바구니도 열어봤다. 우유 한 팩, 요구르트 한 병이 들어 있을 뿐, 남자가 남기고 간 흔적은 없었다. 요구르트를 하나 뜯어 마시면서 현관문의 렌즈를 통해 오피스텔 안을 들여다봤다. 여자가 우려했던 바와는 달리 밖에서는 렌즈를 통해 안을 들여다볼 수 없었다. 흐릿한 빛과 어둠의 구별만 어렴풋이 가능했다.

　그저 목적지를 잘못 찾은 행인이라고 생각하니 일단 안심은 되었다. 그러나 아직 명쾌히 설명되지 않는 부분들이 많았다. 우선, 남자가 자신이 일하던 사무실을 찾아온 것이라고 가정해봤다. 야근을 하러 왔다고 하기에는 애매한 시간이었다. 게다가 사무실로 사용되는 오피스텔의 경우, 현관문에 명패를 달아놓는 경우가 많았다. 무엇보다 자신이 일하던 사무실이라면 처음부터 문을 열고 들어오면 될 일이었다. 자신의 집을 잘못 찾은 건 더더욱 아닐 터였다. 초인종을 누를 이유가 없었다. 그렇다면 지인의 집을 잘못 찾아온 걸까. 하지만 들르기로 했던 곳의 집주인이 문을 열어주지 않으면 그에게 전화를 걸거나 자신이 누구인지 밝히면서 열어달라고 말하는 것이 자연스러웠다. 남자는 집요하게 초인종을 누르고 문을 두드리면서도 그렇게 하지 않았다.

이런저런 가능성을 가늠한 끝에 그것이 꿈이었다는 결론에 다다랐다. 낯선 남자의 방문에 대해 떠올리면 떠올릴수록 현실에서 벌어진 일 같지 않고 기억이 뿌옇게 흐려져만 갔다. 하지만 렌즈를 사이에 두고 다가오던 그의 새까만 눈동자, 당신의 내부를 다 들여다보겠노라는 의지 같은 게 서려 있던 그 눈빛은 좀처럼 잊히지 않았다. 여자는 방 안으로 다시 들어왔다. 침대에 모로 누워 현관문을 노려봤다. 그러고는 다시 벌떡 일어나 먹다 남은 요구르트 뚜껑에 붙어 있던 동그란 스티커를 떼어 렌즈 위에 붙여버렸다.

*

주말 동안 여자는 새벽의 방문자와 초인종 소리에 대해서는 잊어버렸다. 토요일에는 의식적으로 잊으려 노력했고, 일요일이 지나고 월요일이 되자 바쁜 업무 때문에 그 생각을 할 겨를도 없어졌다. 새로운 스팸 방지 기술을 적용했지만 그 수는 그다지 줄어든 것 같지 않았다. 여자는 평소보다 더 빠른 손놀림으로 댓글을 처리했다. 매번 달라지는 자극적인 문구에 역겨워하면서도, 한편으로는 블랙리스트에 넣어둔 단어를 피해 어떻게든 원하는 내용을 써내는 스패머들의 꼼수에 기가 막혀 감탄하기도 했다.

마우스를 움직이던 여자의 손목이 멈칫했다. 규제 버튼을 누르려던 검지에 힘을 빼고 지우려던 댓글을 다시 한번 읽었다.

여대생 오피*스텔 24시 항시 대기. 최고의 품질로 모시겠습니다. 애인처럼 단둘이 편안하게 즐기세요.

애써 모른 척 구겨 넣었던 기억이 다시 빳빳하게 펼쳐졌다. 깜깜하던 방 안에 조명을 탁, 하고 켠 것처럼 이전에는 미처 보이지 않던 것들이 눈에 들어왔다. 어제 그 남자는 오피스텔 성매매를 하러 온 것이다. 이렇게 가정하자 이전까지 설명되지 않던 모든 것들이 이해되기 시작했다. 남자는 동을 착각한 것이 분명했다. 더블타워 오피스텔은 입구만 다를 뿐, 두 동의 외형과 구조가 같았다. 처음 이사 왔을 때, 여자도 A동과 B동을 헷갈려서 잘못 들어간 적이 있었다. 입구에 평소와는 다른 경비원이 앉아 있어서 황급히 나오기는 했지만, 외부인이라면 충분히 착각할 법한 구조였다. 여자가 사는 곳은 A동 1204호. B동 1204호에서 오피스텔 성매매 영업을 하고 있을지도 모른다. 마지막 퍼즐 한 조각을 주운 기분이었다.

그날 퇴근길 지하철역 입구에서 바닥에 흩뿌려져 있는 노란색 전단 수십 장을 발견했다. 전단에는 롤링스톤스의 상징인 붉고 통통한 혓바닥 모양의 일러스트가 그려져 있었다. 워낙 유명해서 패션아이템에도 자주 사용되는 로고였다. 여자도 혓바닥이 프린트된 후드티셔츠가 있었다. 허리를 숙여 그중 한 장을 집어 들었다. 여자의 미간이 찌푸려졌다. 일러스트 옆에 쓰여 있는 문구 때문이었다.

입싸방. 미녀 항시 대기. 최고의 서비스.

여자는 입싸방, 하고 두어 번 발음해봤다. '입에다 싸는 방'이라서 '입싸방'인 걸까. 규제를 피하려고 유사성행위를 하는 변종 성매매업소일 것이다. 김을 소개받기 전, 8년간 만났던 정이 떠올랐다. 여자의 이십 대를 모두 바쳤다고 해도 이상하지 않을 정도로 오래, 그리고 깊게 만났던 사이였다. 그는 유행하는 성매매의 종류에 대해 해박한 정보를 가지고 있었다. 언젠가 함께 모텔에서 나오던 길에 정이 바닥에서 키스방 전단을 주워 들고는 자신만만하게 설명해주던 순간을, 여자는 아직도 기억하고 있었다.

정에 의하면, 키스방은 말 그대로 키스만 하는 방이라고 했다. 2차를 가려면 추가 요금을 내야 하는데 그냥 해달라고 조르다가 억지로 성관계를 하고 나와 서비스를 받았다며 자랑하는 친구들도 많다는 것이었다. 여자는 곧바로 구역질이 났다. 하지만 악취에 미간을 찌푸리면서도 다시 한번 그것을 맡아보고 싶은 것과 비슷한 마음이 들었다. 여자는 메스꺼움을 참으면서 이것저것 더 물어보기 시작했다. 뭐든 아는 체하며 설명하기 좋아하던 정은 성매매의 수위나 방식에 대해, 물다방이니 대딸방이니 풀살롱이니 미러룸이니 하는 이름도 다양한 업소들에 대해 왠지 신이 나서 떠들어댔다. 정의 회사 선배는 점심시간에도 성매매를 한다고 했다. 점심에는 요금이 싸서 '해피아워'라고 불리는데, 그 선배가 해피아워를 다녀오는 데는 왕복 30분도 걸리지 않는다는 말도 덧붙였다.

다 듣고 난 여자는 정에게 그런 것을 어떻게 그렇게 잘 아느냐고 추궁했다. 정은 회사의 상사나 친구들의 경험담을 주워들은 거라면서 자신이 직접 가봤으면 여자에게 말했을 리가 있겠냐고 억울한 듯 호소했다. 여자는 그 말을 전부 다 믿지는 않았다. 손에 들고 있던 노란색 전단을 여러 번 찢어 바닥에 흩뿌렸다. 깔려 있던 다른 전단의 헛바닥 위로 찢어진 종잇조각들이 내려앉았다.

*

또다시 초인종이 울렸다. 이번에는 자정이었다. 방문자의 정체를 알고 나니 이전만큼 두렵지가 않았다. 현관문에 붙여두었던 스티커를 떼어내고 렌즈를 들여다봤다. 두 번째 방문자를 확인하고 여자는 더 확신했다. 검은 뿔테 안경에 카키색 후드집업을 입은 남자는 첫 번째 남자와 옷차림은 달랐지만 비슷한 행동을 했다. 남자의 정수리에 복도의 붉은 조명이 내리꽂혔다. 그 역시 초조하게 곁눈질하며 초인종을 눌러댔다. 이따금 휴대전화를 들여다보기만 할 뿐, 어딘가로 전화를 걸지 않는 것도 똑같았다. 여자는 또다시 문밖에 낯선 남자를 둔 것이 다소 두려웠지만, 동시에 묘한 우월감을 느끼기도 했다. 어느 홍등가에서는 남자들이 유리문을 통해 전시된 매춘부를 고른다던데, 이제는 여자가 문밖에서 복도의 붉은 조명을 받고 있는 남자들을 구경하고 있다는 착각마저 들었다. 돈 내고 하러 오는 남자들은 이렇게 생겼구나. 이런 얼굴, 이런 표정을 하고 있구나. 그런 생각들을 하면서.

두 번째 남자의 방문 이후 여자는 잠금장치를 두 개 더 달았다. 고장나 있던 비디오 폰도 수리해두었다. 더는 렌즈를 사이에 두고 이들과 대면하고 싶지 않았다. 떳떳하지 않은 일을 하는 것은 저들인데 안에 있는 자신이 죄지은 사람처럼 현관문 앞에 엉거주춤 서서 마음을 졸이는 것이 억울해서였다.

새벽의 방문자들은 잊을 만하면 한 번씩 찾아왔다. 여자는 초인종이 울릴 때마다 비디오 폰에 달린 모니터로 남자들을 관찰했다. 그들은 모두 약속이나 한 듯 비슷한 표정을 짓고 있었다. 별일 아니라고 주문을 거는 듯한 태연함, 남에게 들키기 싫은 일을 할 때의 부끄러움, 돌연 술이 확 깨면서 자기 자신을 돌아보는 순간의 주저함, 그러면서도 어쨌든 곧 벌어지게 될 눈먼 섹스에 대한 설렘 등이 복합적으로 섞여 있는 얼굴들. 머뭇거리는 그들의 얼굴이 비디오 폰의 카메라에 정면으로 잡히는 순간, 여자는 휴대폰 카메라로 모니터를 촬영했다. 그들이 포기하고 발걸음을 돌리고 나면 찍어둔 사진을 프린트했다.

여자는 침대와 옷장 사이의 공간에 프린트한 사진을 나란히 붙여두었다. 여백에는 간략한 인상과 나름의 기준으로 판단한 점수를 남겼다. 그러자 처음의 두려움이 많이 옅어졌다.

10월 2일 11:39 / M자 이마. 턱수염. 퉁퉁 / 2.5점

11월 13일 00:21 / 까무잡잡. 짙은 쌍꺼풀. 주걱턱 / 2점

12월 6일 01:17 / 그냥 추남 / 1점

한동안 뜸하던 초인종이 다시 울린 그날은 조금 이른 시간이었다. 자정이 되기 전이었고 회사에서 미처 못 마친 연말 결산보고서를 작성하는 중이었다. 오랜만이긴 했지만 딱히 놀라지는 않았다. 이제 여자는 초인종 소리만 듣고도 방문자가 택배 배달원인지, 성 매수 남성인지 구분할 수 있었다. 비디오 폰으로 관찰하고 수집해온 그들의 일관된 표정만큼이나 딩동, 하는 짧은 초인종 소리에도 특유의 천함이 묻어났다.

불이 들어온 비디오 폰의 모니터를 쳐다보던 여자가 무

언가를 발견한 듯 갑자기 의자를 박차고 일어났다. 넋 나간 사람처럼 모니터를 응시하며 비디오 폰 가까이 한 걸음씩 주저하며 다가갔다. 남자가 서 있었다. 짙은 남색의 블레이저에 정갈한 스트라이프 타이, 눈썹을 덮은 반곱슬 머리, 각진 턱 그리고 익숙한 얼굴. 헤어진 김이 분명했다. 여자는 혼란스러웠다. 여기로 이사 온 걸 어떻게 알았지? 모니터를 한참이나 들여다봤다. 벽에 붙어 있는 사진 속 남자들과 같은 얼굴, 바로 그 표정이었다. 여자는 김이 자신을 찾아온 것이 아니라는 사실을 깨달았다.

만에 하나 아는 얼굴을 보게 되면 어떡하지, 라는 상상을 해보지 않은 것은 아니었다. 하지만 그때 떠올렸던 얼굴은 온갖 성매매업소에 대해 해박한 지식을 늘어놓던 정이었지, 김은 아니었다. 헤어진 후 언젠가 김의 얼굴을 다시 마주하게 될지 모른다고 생각한 적도 있었지만, 이렇게 비디오 폰의 모니터를 통해 보게 될 것이라고는 상상도 하지 못했다.

김과의 어느 하루가 떠올랐다. 여자는 그날 김이 운전하는 차의 조수석에 앉아 들었던 그의 상기된 목소리를 떠올렸다. 예식을 치를 호텔의 길고 웅장한 버진 로드, 신혼

살림을 차리게 될 아파트의 최근 시세, 결혼만 하면 너의 그 보잘 것 없는 직장을 그만두게 해줄 것이라는 약속, 일 년 뒤에는 아들 그리고 이 년 뒤에는 딸을 갖자는 혼자만의 계획 같은 것들을. 그리고 고개를 왼쪽으로 돌리면 나타나는, 여자가 당연히 감복해 마지않을 것이라 믿고 있어 자연스럽고 편안한 표정까지도.

여자는 자신도 모르게 비디오 폰의 수화기를 들었다. 신경을 날카롭게 긁는 하울링 소리가 복도를 가로질렀다. 김이 당황한 듯 카메라를 직시했다. 안에 누군가 있다는 사실을 알아차린 그가 문을 쿵쿵 두드리기 시작했다. 한 번 두드리고 뒤를 힐끔 돌아보더니 또 한 번 두드리고 돌아봤다. 멍청아, 여기가 아니라 B동이야. 자기가 잘못 생각했을지도 모른다는 의심은 하지 않는 성격. 그는 여전했다.

여자는 김의 얼굴을 프린트했다. 침대 옆 벽면에 네 번째로 그의 사진이 붙었다. 뭐라도 적으려 펜을 든 여자는 끝내 그것을 바닥에 던져버렸다. 펜대와 뚜껑이 분리되어 바닥에 굴러다녔다. 나와 만나는 중에도 다녔을까. 오늘이 처음일 수도 있지 않을까. 아냐, 그럴 리는 없겠지. 그렇다면 언제부터였을까. 그동안 나한테 병이라도 옮긴 것은 아닐까. 술을 마셔서, 홧김에 온 것은 아닐까. 결혼하자더니, 내 생각은 할까. 긍정과 부정을 수없이 오가면서 내린 결론은 이 의미 없는 질문의 반복을 끝내야 한다는 것이었다. 여자는 입고 있던 트레이닝복 위에 코트를 대충 걸치고 엘리베이터에 올랐다. 목적지는 B동 1204호였다.

*

옆 동은 생각보다 더 가까웠다. 5분도 채 걸리지 않는 거리였다. 초인종을 누르자 처음 낯선 남자를 문 앞에 두었을 때처럼 심장이 요동치기 시작했다. 어떻게 생겼을까. 가슴을 다 드러낸 슬립 원피스를 입고 있지는 않을까. 야릇한 붉은 조명 같은 걸 켜놨겠지. 김이 이미 들어가 있으면 어쩌지. 무서운 여자일 수도 있잖아. 날 때리면 어떡하지. 만약에 왜 왔느냐고 물어본다면, 대체 뭐라고 대답해야 할까. 아무것도 정하지 않은 채 무작정 초인종을 눌렀다. 지난 몇 달간 자신을 괴롭혀온 원인인 그녀의 모습이 궁금해서 미쳐버릴 지경이었다.

B동 1204호에서 그녀의 목소리가 들려오기 시작했다.

누구세요? 여자는 덜컥 겁이 나 아무 대답도 하지 못했다. 안쪽의 그녀가 다시 한번 신경질적인 목소리로 물었다. 누구시냐고요. 여자는 그제야 기어들어 가는 목소리로 말했다. 저, 옆 동에서 왔는데요. 그리고 더는 말을 잇지 못했다. 현관문을 사이에 두고 무겁고 긴 침묵만이 감돌았다. 여자는 오피스텔 안쪽에서 들려온 목소리를 듣자마자 알 수 있었다. B동의 그녀 역시 현관문 바로 앞에 서서 렌즈를 들여다보고 있다는 것을. 목소리는 아주 가까운 곳에서 들려온 것이 분명했고, 경계심으로 가득했다. 숨 막히는 정적이 이어졌다. 밖에서 바라본 동그란 렌즈가 칠흑빛으로 새카맸다. 렌즈로 막혀 있는 것이 아니라 깊이를 가늠할 수 없는 길고 긴 구멍이 뚫려 있는 것처럼 보였다. 목덜미에 소름이 끼쳤다. 여자가 애써 완곡한 말투로 다시 말했다. 우리, 잠시만 이야기 좀 할 수 있을까요.

　문 안쪽에서 헛기침 소리가 났고 뒤이어 문이 천천히 열리기 시작했다. 살짝 열린 현관문 틈으로 불빛이 새어나왔다. 그때였다. 철커덕, 하는 쇳소리와 함께 문이 더는 열리지 않았다. 안전 잠금 걸쇠가 걸린 상태였다. 한 뼘쯤 열린 문 틈새로 확인할 수 있는 건 부릅뜬 눈동자 한쪽뿐이었다. 그 하나의 눈동자와 마주친 순간, 여자의 왼쪽 손이 심하게 떨리기 시작했다. 여자는 다른 한쪽 손으로 그 손을 꼭 붙잡아야 했다. 눈동자 하나가 복도에 양손을 맞잡고 떨며 서 있는 여자를 아래위로 한참이나 훑었다. 그제야 안전 잠금 걸쇠가 내려가고 현관문이 온전히 열렸다.

1204호의 열린 문 앞에서 여자를 맞이한 것은 헐벗은 여체가 아니었다. 앞니를 짓궂게 드러낸, 롤링스톤스의 통통한 입술과 혓바닥이었다. 트레이닝복 바지에 롤링스톤스의 혓바닥 로고가 프린트된 맨투맨티셔츠를 입은 그녀가 먼저 물었다. 어제도 저희 집 초인종 누르셨나요? 뜻밖의 질문에 여자는 당황했다. 아니요, 오늘 처음 왔는데요. B동의 그녀가 한숨을 내쉬면서 말했다. 요즘 자꾸 이상한 남자들이 와서 초인종을 눌러대서요. 그래서 잠금장치도 두 개나 더 달았거든요. 여자는 상황을 모면하기 위해 둘러댔다. 저희 집 우유가 배달이 안 와서 그랬어요. 혹시 이쪽으로 가고 있는 게 아닌가 하고…… B동의 그녀는 그럴 리가 없다면서 손사래를 쳤다. 그러자 현관문의 각도가 크게 벌어졌다. 그녀의 등 뒤로 눈에 익은 풍경이 펼쳐졌다. 석고보드 재질의 천장, 낡은 화장실 문과 그것을 어떻게든 깔끔히 보이게 하려 덧붙였을 시트지, 그리고 작은 갓 아래로 노란 불빛을 내고 있는 스탠드 조명과 싱글 사이즈 침대 같은 것들. 여자가 자신의 어깨 너머를 훑고 있다는 것을 눈치 챈 B동의 그녀가 언짢은 기색을 드러내며 문을 닫았다. 1204호의 굳게 닫힌 문에는 어떤 표정도 남아 있지 않았다.

*

이삿짐센터 직원들이 신발을 신은 채로 방 안에 발을 들여놨다. 하필 눈이 오는 날이었다. 그들이 지나간 자리마다 눈 녹은 구정물이 흐르는 커다란 발자국이 남았다.

불과 얼마 전 애써 정리해두었던 옷가지, 택배로 주문했던 스탠드 조명, 여기서부터 화장실이라는 표시를 하고 싶어 깔아두었던 체크무늬의 발 매트. 작은 공간에 어떻게든 아등바등 끼워 넣었던 살림들이 순식간에 분리되고 쌓여나가는 광경을 지켜봤다. 이사는 조용하고 빠르게 진행되었다. 옷가지를 던져 넣는 소리, 테이프를 뜯는 소리, 수레바퀴가 굴러가는 소리만이 오피스텔을 가득 채웠다. 밤

먹고 일하고 잠자던 여자의 생활이, 단숨에 몇 개의 상자에 네모나게 포장되었다. 짐을 나르던 남자가 물었다. 벽에 있는 사진들은 다 뭐예요? 여자가 답했다. 아무것도 아니에요. 그냥 놔두세요.

상자가 하나둘 수레에 실려 나갔다. 좁은 방이 앙상하게 텅 비었다. 천장의 얼룩을 가리기 위해 붙여두었던 시트지의 접착력이 다했는지 반쯤 떨어져 덜렁거렸다. 먼지가 풀럭이는 방 안에 아침의 햇살이 스몄다. 이 해가 지면, 다른 곳에서 잠들어야 했다. 여자는 태연하고, 부끄럽고, 주저하지만 한편으로는 설레는 남자들의 바보 같은 얼굴을 더블타워 오피스텔 A동 1204호에 남겨둔 채, 문을 닫았다.

작가 노트

솔직히, 여성과의 관계를 돈 주고 사본 경험이 있는 사람은 그게 어떤 형태였든 별로 인간 취급을 해주고 싶지가 않다. 여자를 구매 가능한 서비스 재화로 취급하는 사람을, 왜 나는 인격체를 가진 인간 취급을 해줘야 하지? 하는 마음이랄까. 인간 취급해주고 싶지 않다는 건, 문자 그대로다. 만약 그런 경험이 있는 지인이 지나가다 나를 보고 "야, 오랜만이다. 잘 지냈어?" 라고 인사를 건넨다면 '오잉? 어떻게 생강빵이 말을 하지?' 같은 느낌으로 인사를 무시하고 가던 길을 가고 싶다. 하지만 실제로 그런 일이 생긴다면 아마 나도 모르게 반사적으로 "어머, 안녕" 혹은 "앗, 안녕하세요" 하고 대답을 해버리고 말겠지. 그런 생각을 하면 내가 너무 착한 것 같아서 억울한 마음이 된다.

　소설을 쓸 때도 약간의 문제가 있었다. 소설 속에서 여성 인물이 남성 인물의 외양을 묘사하는 장면이 여러 번 나오는데, 그게 특정 형태의 외모를 비하하거나 그런 외모를 가진 사람은 이런 행동을 한다는 식으로 비치지는 않을까를 우려했던 것이다. (세상에, '이런' 소설을 쓰면서도 나는 '그런' 걱정을 했다!) 대놓고 대상화하는 장면을 쓰겠다고 팔 걷고 앉았으면서도 너무 대상화하면 어쩌나 하는 모순적인 걱정을 하느라 외양 묘사 부분을 쓰지 못하고 있던 나는 고심 끝에 해결책을 발견했다. 그 해결책은, 다음 문단의 마지막에 밝힐 생각이다.

　이 소설을 쓰는 내내, 나는 내가 실제로 알고 있는 구체적인 사람들을 떠올렸다. 한때 나에게 '선배' 소리를 들었던 그들은 한 집안의 똘똘하고 자랑스러운 아들이고, 소위 말하는 '좋은' 대학교를 졸업해 '좋은' 직장에 다니고, 결혼 시장에서 '멀쩡하다'는 평가를 받으며 결혼했고, 일부는 아이도 있다. 동시에 그들은 성매매 경험이 다수 있다. 그 사실이 딱히 비밀도 아닌 것이, 본인의 입으로 공공연히 이야기하고 다녔기 때문이다. 소설

속 인물처럼 다종다양한 성매매업소 정보와 할인 정보를 공유하고, 술자리가 무르익은 밤에는 물론 점심시간에도 성매매를 하고, "얘들아, 오늘 커피는 내가 살게" 정도의 무게로 "오늘 내가 안마 쏜다!"를 외치고, 업소에서 경험한 여자의 사진을 단체 채팅방에서 돌려 보면서 품평한다. 그러면서도 이들은 SNS에 화목해 보이는 가족사진을 올리고 아내와 자식에 대한 사랑과 감사의 메시지를 남긴다. 이쯤이면 앞 문단에서 언급했던, 내가 소설가로서 봉착한 문제에 대한 해결책이 뭔지 눈치챈 사람들이 있을 것이다. 그렇다. 나는 이들의 실제 외양을 그대로 묘사했다. 그러자 묘사 자체도 술술 풀리고 이상한 마음의 짐도 덜어졌다. 소설이 완성되었다는 생각이 들었다.

혹시 이 글을 읽을까? 내가 소설가가 되었다는 소식을 듣고 축하한다고 하기도 했고 나의 데뷔작을 읽어봤다고도 했으니 아마 이 글도 보고 있지 않을까? 싶다가도. 그들이 이 책을 돈 주고 사서 읽을 확률은 극히 적을 것 같다는 결론을 내렸다. 그래서 나는 책이 출간된 후 이 '작가 노트'를 그들이 볼 수 있는 곳에 게재해둘 생각이다. 그러면 내게 연락이 올지도 모른다.

"야, 너 이거 설마 내 얘기야?"

나는 이렇게 대답할 것이다.

"에이, 나 소설가잖아요. 이것도 다 소설이에요. 원래 소설가는 작가 노트도 소설로 쓰는데? 몰랐어요?"

그러면서 속으로는 이렇게 말할 것이다.

응. 이거 네 얘기야.

이 글을 읽고 있는 너, 바로 당신.

하
유
지

룰루와 랄라

2016년 한국경제 신춘문예에 장편소설 『집 떠나 집』이 당선되어 작품 활동을 시작했다. 담담하고 유머러스한 어조, 일상적 소재, 착하고 소소한 인물과 사건들로 이루어진 '생계밀착형' 멜로드라마를 쓰는 작가로 평가받고 있다. 장편소설 『눈 깜짝할 사이 서른셋』이 있다.

1

외자 이름의 애인으로는 겸이 처음이다. 이름 한 글자로 살아가는 남자들은 언제든 훌쩍 떠나버릴 것 같았다. 겸과 함께 산 지도 두 해가 넘었다. 이 여름이 지나고 추위가 찾아오면 우리는, 결혼한다. 서른다섯, 결혼이란 파장 무렵의 노점에서 사 먹는 붕어빵쯤 된다고 생각할 나이였다. 밀가루 반죽 어딘가에 약간의 단팥이 파묻혀 식어버린, 몇 백 원짜리 에너지원. 결혼 생활에는 그보다 훨씬 더 많은 돈이 들겠지만 말이다.

"룰루 말이야. 좀 전에 또 봤어. 엘리베이터에서."

겸이 말했다. 그는 방금 전 집으로 돌아왔다. 벽시계가 가리키는 시간은 7시 20분, 오후가 아니라 오전이다. 겸은 아파트 단지 건너편에 있는 제철소에서 3교대로 근무한다.

나는 냉장고에서 호두 봉지와 바나나를 꺼냈다. 바나나의 껍질을 벗기고 알맹이를 칼로 썰면서 룰루를 생각한다.

룰루는 같은 동에 사는 여자다. 나이는 우리 또래고, 예닐곱 살짜리 딸아이를 키운다. 룰루란 겸과 내가 붙인 별명이다. 까닭도 기원도 모르겠으나 어느 날부터인가 그렇게 부르게 되었다. 룰루랄라, 입 속에서 흥얼거리는 노랫말처럼. 룰루의 존재를 먼저 인식한 사람은 겸이었다. 아파트 단지나 엘리베이터에서 자꾸만 마주치는 사람이 있다고 했다. 이사 온 지는 좀 된 거 같은데, 도대체 몇 번을 마주치는지 모르겠네. 희한해. 내 생활 패턴이 그렇게 흔한 패턴이 아니잖아? 그건 그랬다. 겸은 며칠을 주기로 돌아가며 주간 근무, 야간 근무, 새벽 근무를 했다. 나도 그에 따라 낮밤이 뒤바뀌는 프리랜서 일러스트레이터다. 우리는 나인 투 식스라는 규칙에서 예외 조항이었다. 새벽에 호프집으로 치킨을 먹으러 가기도 하고 남들 출근하는 시간에 산책을 나서는가 하면 점심 무렵까지 곯아떨어져 있기도 했다.

예전에, 순댓국을 먹자며 집을 나선 밤이었다. 겸이 내 옆구리를 찔렀다. 반바지에 티셔츠를 입고 머리를 하나로 묶은 여자가 지나갔다. 땅바닥에 그은 선처럼 깡마른 여자였다. 나는 아, 룰루구나, 알아차렸다. 바지 아래로 뻗은 창백한 다리가 아파트 후문을 빠져나가더니 어둠 속으로 사라졌다. 이 밤에 어디를 갈까? 저쪽은 초등학교가 있는 주택가인데. 그 순간부터 룰루가 내 일상으로 들어왔다. 그림자에 겹치는 그림자처럼 그늘을 드리우면서. 재활용 쓰레기장에서, 그림 원본을 부치려고 우체국 가는 길에, 라일락 밑에서 코를 쿵쿵거릴 때, 룰루가 내 옆을 스쳐 지나갔다. 딸의 손을 잡고 갈 때면 룰루도 웃는 얼굴이었다. 남편과 함께일 때도 있었는데, 두 사람은 나란히 걷는 법이 없었다. 남편이 앞서가고 룰루가 뒤따랐다. 남편은 앞만 보며 걸어가고, 룰루는 땅만 보며 걸어갔다.

겸은 내가 준 바나나와 호두를 먹으며 말을 이어갔다.

"룰루, 담배 피우러 다니는 거 아닐까? 아파트에서 좀 떨어진 데 가서 몰래 피우는 거지."

"무슨 담배를 그렇게 힘들게 피워."

"그 집 남자가 모르나 보지. 끊기로 약속했거나."

"담배 냄새 안 나던데? 엘리베이터 같이 탔었어."

"너 비염이라 냄새 못 맡잖아."

"잘 못 맡는 거지, 아예 못 맡는 건 아니거든?"

"그럼 뭐 숨겨둔 애인이라도 있다든가."

"그 정도면 애인이 아니라 마약이네, 마약."

겸은 킬킬대다가 사레들리는 바람에 내 얼굴에 호두 조각을 튀겼다. 싱거워서 곰팡이가 슬 지경인 농담에도 웃어주는 남자. 그런 면에서 보자면 겸은 좋은 애인이다.

우리는 결혼한 다음에도 이 낡고 좁은 아파트에서 살것이다. 신혼부부 대출을 받아 월세를 전세로 바꾸는 비약을 할 예정이다. 2년 전, 겸은 혼자 살면 심심하고 돈도 많이 드는데 그러지 말고 같이 살자 했다. 우리는 그 나름대로 격식을 갖추어 방 두 칸짜리 집을 마련했다. 이제는 이 오래된 아파트가 익숙하다. 경비 아저씨와 친해졌고, 단지 앞의 슈퍼에서 일하는 모든 계산원과 구면이다. 길고양이가 몇 번이나 세대를 교체하는지 지켜보았고, 비가 온 다음날이면 비둘기들이 날갯짓을 하며 목욕하는 물웅덩이가 어디 있는지도 안다.

아이를 체념한 척하면서도 기대하는 겸. 거대하고 웅장한 제철소에서 일하지만 실상은 파견 업체의 계약직인 겸. 재계약 시기가 다가올 때면 그는 보기 드물게도 고통 쪽으로 치우친 표정을 짓는다. 가난하고 불안정하다고 해서 아버지가 되지 말라는 법은 없다. 우리도 그런 부모 밑에서 태어났다. 그래서 그런 어머니의 자식으로 살아가는 일이 어떤 빛깔이고 어떤 소리인지 안다. 가난에서는 쓴맛이 아니라 짠맛이 난다. 그 소금기를 혀끝에서 느껴본 사람은 부르르 몸서리치게 되고, 인생에 시간과 사랑의 양념을 치는 일에 인색해진다. 우리 사이에는 아이가 없으리라, 나는 짐작한다.

삼십 대 중반, 삶의 진로가 윤곽을 드러내며 앞으로 나에게 없을 것과 일어나지 않을 일을 보여주는 시기였다. 나는 아이 엄마들을 유심히 살펴보는 버릇이 생겼다. 나에게는 없는 존재와 함께 나에게는 일어나지 않을 일을 겪고 있는 사람들을 말이다. 내 삶에 그들의 삶을 덧대어보고는 한다. 사지 않을 옷을 거울 앞에 들고 서서 몸에 대어보듯이. 그러고 나면 잔상이 남는다. 펜으로 눌러쓴 자국이 다음 페이지에까지 남듯이. 그 자국을 손끝으로 훑으며 삶이란 무엇일까 생각한다. 나에게 어울리지 않았지만 예쁘기는 참 예쁘던 옷을 떠올리듯이. 결국 삶이란, 일어난 일과 일어나지 않은 일의 덧셈이나 뺄셈이 아닐까. 했어야 하는 일과 하지 못한 일의 곱셈이나 나눗셈일지도 모르고.

2

장마가 찾아왔지만 통장에는 가뭄이 들었다. 일거리가 끊긴 데다가 끝마친 작업의 보수도 받지 못했다. 월세와 생활비에 내 몫을 보태지 못하게 되자 초조해지고 주눅이 들었다. 일이든 돈이든 들어올 때 되면 들어오겠지 하고 버티기에는, 지금까지 기다린 시간이 너무 길었다.

들쑥날쑥한 본업에만 매달리지 말고 정기적인 아르바이트라도 구해보자 싶어서 구인 사이트를 뒤졌다. 며칠 지나지 않아, '아르바이트' 뒤에 붙인 '라도'라는 말이 얼마나 오만불손하고 주제 모르는 잘난 척이었는지 깨달았다.

'라도'가 아니라 '마저'라고 말해야 옳았다. 아르바이트 자리마저 나를 거부했으니까. 그쪽 시장에는 어린 경력자가 넘쳐났다. 집 밖에서 일한 흔적이라고는 오래전 몇 달밖에 없는 삼십 대 중반의 여자. 그 사람이 나였다. 촌스러우리만치 공들인 이력서와 자기소개서를 보내봤자 무응답만 돌아왔다. 편의점에서 일하거나 마트 계산원을 하자니 돈 계산을 해야 해서 엄두가 나지 않았다. 남의 카드나 현금을 받아 정확한 금액으로 처리해주어야 한다는 생각만으로도 어질어질했다. 그러나 실망과 주제 파악을 거듭하던 끝에 돌파구를 찾고야 말았으니, 나는 현관문을 열고 집으로 들어서는 겸에게 외쳤다.

"나, 공장에서 일하기로 했어!"

"공장? 무슨 공장?"

겸은 철을 다루는 공장에서 일하다가 땀 냄새를 풍기며 돌아온 차였다. 작업복에 매미 울음소리가 묻어서 따라왔다. 가로등 불빛 때문에 밤을 잊고 우는 매미. 밤에 일하는 겸과 그런 겸을 기다리는 나.

"혈당계 공장. 마을버스로 25분밖에 안 걸려. 그리고 이게 중요한데, 앉아서 일한대! 앉아서 일하는 데가 최고라더라. 내가 다 알아봤어."

겸은 내가 내민 휴대폰으로 구인 광고를 훑어보았다. 신
축건물! 카페 같은 휴게실! 즉시 입사 가능! 잔업 무! 오후
에 파견 업체의 사무실로 가서 면접까지 보고 온 차였다.
내일부터 출근하라는 답을 받았다. '즉시 입사 가능!'은 과
장광고가 아니었다. 자격요건은 50대 이하의 여자, 나 정
도면 청춘이었다. 주 5일 근무에 6시 칼퇴근, 거기다가 앉
아서 일한다니. '공장 알바'라는 검색어로 탐색한 결과, 선
배들은 좌식 근무를 적극 추천했다. 서서 일하는 공장, 특
히 서서 라인 타는 일은 라인에 몸을 싣고 쫓아가서라도
말리고 싶다며 피를 토했다. 다리가 너어어무 아프다 못해
뽑히는 줄. 며칠 일한 돈 병원비로 다 나감. 절대 비추!

"공장 일을 할 수 있겠어? 생각보다 힘들 거야."

"힘들겠지. 나도 해봤어, 대학생 때."

"제전복은? 입어봤어?"

광고에는 제전복을 입어야 한다고 쓰여 있는바, 그 부분
도 탐색을 마쳤다. 제전복은 정전기를 방지하는 옷이었다.
입으면 거추장스럽겠지만 서서 라인을 타거나 집에 앉아
손가락이나 빠는 일보다는 낫겠지.

"갑옷도 아닌데, 뭐. 괜찮아."

겸은 손발을 씻고 나와 식탁 앞에 앉았다. 아, 호두랑 바나나. 나는 냉장고 문을 열었다.

"차라리 교대근무를 하든가. 그래야 나랑 어떻게든 시간을 맞춰볼 텐데."

앞으로는 서로 시간이 엇갈려 한 사람이 잠들거나 없을 때에 다른 한 사람이 출근하거나 퇴근하는 날이 많아질 것이다. 하지만 교대근무는 하고 싶지 않았다. 겸의 일정표에 따라 며칠에 한 번씩 밤낮을 바꾸며 살아왔더니, 항상 피곤하고 머리가 무거웠다. 아침에 일어나고 밤에 자는 나인 투 식스의 보편적 규칙에 따라 살아보고 싶었다.

"앞으로 바나나랑 호두는 누가 챙겨줘?" 겸이 물었다.

"바나나? 호두? 냉장고에서 꺼내 먹으면 되잖아."

"난 나한테 바나나를 잘라주지는 않을 테니까."

나는 말문이 막혔다. 겸을 그렇게 버릇 들인 사람이 나였다. 바나나 과육을 칼로 잘라 조각을 내주며 이렇게 먹으면 손에 농약도 안 묻고 편해, 버릇 들였다. 바나나 껍질을 까는 사람은 손에 농약이 묻게 마련인데.

냉장고에는 바나나가 하나뿐이었다. 내가 먹을 바나나

는 없었다.

3

첫 출근을 하는 날, 마을버스를 타러 아파트 후문 쪽으로 갔다. 초등학교 앞에 있는 정류장. 이런, 룰루였다. 벤치에 앉아 학교 운동장을 바라보는 룰루. 눈이 마주친 순간, 나도 모르게 묵례를 했다. 하도 자주 마주치다 보니 알고 지내는 사람이라고 뇌가 착각이라도 했는지. 룰루는 엉거주춤 몸을 일으키며 인사를 받았다. 그쪽에게도 나는 흔히 보아 익숙한 얼굴일 것이다.

"저어, 506번 버스 여기서 타는 거 맞죠?" 말까지 걸다니, 이번에는 뇌가 아니라 혀의 오류인가.

"네……. 어디…… 가시나 봐요?" 룰루가 말했다. 안개 속을 헤매는 개미 같은 목소리였다.

"아, 오늘부터 일을 다니게 돼서요."

스마트폰으로 알아본 바에 따르면 버스는 5분 뒤에나 올 예정이다. 룰루와 나는 5분 동안 어색한 대화를 나누거

나 어색한 침묵을 지킬 예정이고. 나는 대화를 택하기로
한다.

"이젠 일찍 일어나야 되는데 걱정이에요. 잠이 많아서."

"우리 집 식구들도 그래요……. 잠도 많고…… 한번 잠
들면…… 깊이 자요. 옆에 있는 사람이 사라져도…… 모를
만큼……." 룰루가 혼잣말하듯 말했다. 단어와 단어 사이
가 느린 발걸음처럼 멀었다.

나는 늦은 밤이나 이른 아침에, 깊이 잠든 남편과 딸을
뒤로하고 현관문을 나서는 룰루를 상상했다. 당신의 잠은
왜 그토록 적고 얕을까.

대화는 예상보다 길었고, 마을버스는 예상보다 늦게 왔
다. 가볼게요, 하고 마을버스에 올랐다. 차창 밖으로는 어
깨를 움츠리고 등을 구부린 채 초등학교 운동장을 바라보
는 룰루. 나는 그 뒷모습을 남겨두고서 새로운 일터로 출
발했다.

공장 앞에 도착해 지각 직전까지 기다리자, 파견 업체의
팀장이 랜드로버를 끌고 왔다. 현관에서 제전화로 갈아 신
고서 계단을 올랐다. 팀장은 대리라는 사람에게 나를 넘기
며 말했다.

"그럼 열심히 하는 겁니다!"

대리는 탈의실을 가리키며 문이 열린 옷장에서 제전복을 꺼내 갈아입으라고 했다. 파란색 제전복은 너무 크거나 지저분하거나 지퍼가 고장 나 있었다. 나는 여러 옷장 출신의 상의와 하의, 모자와 장갑을 조합해서 입고 쓰고 꼈다. 전신 거울에 비추어 보니 얼굴 빼고는 온몸이 퍼런색으로 뒤덮인 채 어리둥절해하는 여자. 김장 준비를 마친 스머프 같았다.

작업장 안으로 들어가자 반장이 나를 넘겨받았다. 사십 대 중반쯤의 여자였다. 스머프 복장을 하고도 우스꽝스러워 보이기는커녕 권위에 찬 오라를 풍겼다. 이곳에서 조립하는 혈당계 여섯 종류의 공정을 관리할 뿐만 아니라 휘하의 열다섯 여자를 지휘한다니, 그럴밖에. 내 자리는 기다란 작업대에서 반장의 맞은편. 주된 임무는 반장이 하라면 하고, 말라면 말기. 가르침에 따라 혈당계를 조립하면 되었다.

"시키는 대로만 해요!"

반장은 자기가 정해준 노선에서 내가 조금이라도 벗어날라치면 단호한 목소리로 막아섰다.

시키는 대로만 하면 되는데도 쉽지 않았다. 나는 손재주가 부족했다. 그림 그려 먹고살면서 손재주가 그 모양이라니. 변명하자면, 중국집 주방장이 떡볶이도 잘 만들라는 법은 없지 않나. 반장은 혈당계의 케이스 안쪽에 '쿠션'이라고 부르는 고무를 붙이라고 지시했다. 쿠션은 디귿 자 모양이었는데 뚫린 쪽이 바깥을 향해야 했다. 나는 그 쿠션을 비뚤게 붙이는 바람에 뜯었다가 붙였다가, 수리를 거듭했다. 그러는 꼴을 지켜보는 반장의 눈총 때문에 정수리가 따가웠다. 손재주뿐만 아니라 일머리도 없는지라, 쿠션을 거꾸로 붙였다가 반장에게 지적을 받기 일쑤였다. 입안이 마르는데 이마에서는 진땀이 흘렀다. 제전복에 갇힌 몸이 후끈거렸다. 고무 뒤쪽에 발린 접착제가 지문을 조금씩 빼앗아간다.

"그냥 붙여요."

쿠션을 어디쯤 붙여야 가장 적절할까 고민하려니, 반장이 말했다.

"네?"

"붙여요! 그냥!" 참다못해 부아가 치민 듯.

나는 침을 꿀꺽 삼킨 다음에 쿠션을 붙였다. 그냥 붙였다. 비뚤게 붙였다. 다행히도 거꾸로는 아니었다.

"시키는 대로만 하면 된다는데 그게 왜 그렇게 힘들까?"

침대에 누운 채로 중얼거렸다. 어깨가 욱신거리고 손가락이 따갑도록 쿠션을 붙이다 왔더니 피곤했다. 밤 10시 20분, 겸은 새벽 근무를 시작하는 날이라 출근 준비로 분주했다.

"처음이니까 그렇지. 그러다가 조금씩 요령을 터득하는 거고." 겸이 말했다.

"요령 같은 거 익히려고 잔머리 굴리지 말고, 그냥 시키는 대로만 하면 된대." 나는 반장의 말을 전했다.

"어떻게 그러냐. 조금이라도 효율적인 방법을 찾아봐야 발전하는 거지. 단순 작업이라고 허투루 보면 안 돼. 어디든 발전할 구석이 있으니까." 그러더니 겸이 묻기를, "혹시 그 반장이란 사람, 여자야?"

"…… 응."

"어쩐지." 피식 웃는 겸. "그럴 거 같았어. 안정에만 목숨 걸잖아. 그게 편하고 안전하니까. 도전하려고 하질 않는다니까."

나는 잠시 천장을 올려다보다가, 일어나 앉았다. "그걸 어떻게 알아? 경험이야? 너 일하는 데는 죄다 남자라면서."

"뭐든 꼭 일일이 직접 다 겪어봐야 알아?"

대단한데, 겸? 나는 너라는 사람을 일일이 직접 다 겪어놓고도 알 듯 모를 듯, 그렇거든. 묻고 싶었다. 너는 안정을 바라는 타입이 아닌 거니? 그럼 정규직은 왜 되고 싶어 하는데? 그건 안정이 아니라 도전을 추구하는 거야? 나랑 결혼하려는 건 안정과 도전 중 뭐가 목적인데? 묻지 않았다. 돌아올 대답을 알 듯해서였다. 너는 쓸데없는 걸 물고 늘어져서 사람 진을 빼. 말꼬투리 잡지 말고 진의를 파악해줄래? 내가 너 걱정해서 하는 말인데 왜 또 엉뚱한 데로 새냐, 기운 빠지게. 내가 안으로 삼킨 말에 비약과 허점이 있다는 사실은 안다. 하지만 여덟 시간 동안 반장을 겪고 온 사람은 나였고, 이번에는 겸에게도 논리적 결함이 있었다.

나는 겸이 옆방에 들어가서 가방을 메고 나올 때까지 볼 안쪽 살을 씹으며 앉았다가, 다시 드러누웠다. 눈을 감고 그 위에 팔을 올렸다. 말다툼은 싫었다. 귀찮고 짜증스럽고 모욕적이었다. 처음에는 지지든 볶든 싸우고 다퉈서라도 겸이라는 사람을 알아내고 싶었다. 겸에게 나를 알려주고 싶었다. 그래야 우리 관계가 한발 내딛든 물러나든 움직인다고 믿었다. 멈춰서 고이거나 굳지 않고 어디로든 흘러간다고 말이다. 처음에는 겸도 내 초대에 응했지만 시간이 흐르자 달라졌다. 지긋지긋하다고, 작작 좀 하라고 했다. 어느 순간부터 나도 내가 지겨워졌다. 평화와 고요를 원하는 사람에게 얘기 좀 하자며 추근거리기는 싫었다. 어차피 우리는 싸움닭 체질이 아니었다. 도전을 포기하자 관계는 안정기로 접어들었다. 결혼, 거기가 우리의 목적지일까. 그렇다면 우리는 전진했을까, 후퇴했을까. 아니면 결혼이란 관계의 제자리걸음인 것일까.

"뭐 어쩌겠어. 넌 초짜고 그쪽은 대장인데. 일단은 하라는 대로 해야지. 그냥 네, 네, 하면서 일부터 배워. 익숙해지면 나아질 거야." 겸이 다가와서 내 이마를 짚었다. 다정한 아버지처럼 에휴, 한숨을 내쉰다. "여자들 텃세가 장난 아니라던데 어떡하냐. 다녀보다가 도저히 안 되겠다 싶으면 관둬. 또 무슨 방법이 있겠지."

겸이 흠보던 선배와 상사들이 떠올랐다. 새 기술과 방법을 익히려들지 않고 옛것만 고수하느라 효율성을 깎아먹는 데다가 끼리끼리만 어울린다던 사람들, 겸의 속을 뒤집던 사람들. 그들은 모두 남자였다.

겸이 현관문을 닫고 나가자, 나는 벽 쪽으로 돌아누웠다.

4

아침마다 버스 정류장에서 룰루와 만났다.

룰루는 초등학교 운동장을 보며 앉았다가, 내가 다가가 인사하면 꿈에서 깨어난 듯 눈을 깜빡였다. 룰루를 알고 싶었다. 그 사람 속에 식은 팥죽 속 새알심처럼 파묻힌 진실을 들여다보고 싶었다. 남편과 딸이 잠들었을 때, 남편은 출근하고 딸은 어린이집에 갔을 때, 그때마다 이곳으로 왔을까? 왜 운동장만 바라볼까? 묻지 못했다. 룰루의 자세 때문이었는지도 모르겠다. 옹송그린 몸과 기우뚱한 시선. 중요한 계약의 갱신에 실패한 사람처럼 고통 쪽으로 치우친 자세. 그 앞에 호기심을 들이대기란 멋쩍었다. 룰루를 당혹 속에 남겨둔 채 나 혼자 저만치 앞서서 걸어가고 싶지는 않았다.

"가슴이, 답답해요. 뭔가 자꾸 치밀다가…… 텅 비어버리고……."

룰루가 먼저 꺼낸 말, 겸에게 전하지 않은 말이다. 애인이 어쩌고 마약이 어쩌고, 그와 내가 나누던 실없는 소리가 떠올라서 얼굴이 화끈거렸다.

그러던 어느 날 아침이었다. 앳된 임신부가 누구를 기다리는 듯 정류장 주변을 서성이다가 벤치 끄트머리에 앉았다. 담배를 피우며 걸어가던 사람이 휴대폰 벨이 울리자 벤치 앞에 멈춰 섰다. 걸으면서 담배는 피워도 전화는 못 받는지. 바람이 담배 연기를 실어 날랐다. 임신부는 손수건으로 입과 코를 가렸다. 전화 통화는 길었고 담배 연기도 길었다. 나라도 한마디 할까, 아니면 아침부터 일 만들지 말고 참을까, 고민스러웠다. 룰루는 손과 다리를 움찔거렸다가, 엉덩이를 들었다가 놨다가, 안절부절못하는 기색이 역력했다. 그러더니 결심한 듯 일어난다. 담배 피우는 사람에게 다가간다. 아아, 룰루, 어쩌려고? 내 가슴이

다 두근거렸다.

"저기요…….."

룰루가 작은 목소리로 말했다. 흡연자는 휴대폰을 귀에 대고 담배는 입에 문 채 룰루 쪽으로 얼굴을 돌렸다. 뭔데, 하는 표정이다. 룰루는 팔을 뻗어 바닥을 가리켰다. 보도블록에 박힌 안내판, 금연 구역. 손가락이 떨린다. 나도 룰루의 손가락이 된 듯 떨었다. 흡연자는 안내판을 봤다가 룰루를 봤다가, 눈알을 굴리더니 어, 아무것도 아니야, 하고 통화하며 버스 정류장을 지나쳐 걸어갔다. 아, 간단한 일이었다!

룰루가 자리로 돌아와 앉았다. 우리 셋은 누가 먼저랄 것도 없이 휴우, 숨을 뱉었다. 남편으로 보이는 사람이 다가오자 임신부는 벤치에서 일어났다. 가방에서 뭔가를 꺼내 나와 룰루에게 건넨다. 알사탕이었다.

"감사해요……." 사탕과 함께 받은 한마디.

버스 정류장에는 나와 룰루만 남았다. 평소와 같은 풍경이었으나 무엇인가 달라졌다. 그런 느낌이 들었다. 우리는 사탕을 까서 입에 넣었다. 눈이 마주쳤다. 내가 웃자 룰루도 웃었다. 부스럭거리는 사탕 껍질과는 달리, 소리 없이 조용히.

그즈음 공장 일에 난관이 등장했다. 난관의 문지기는 내
가 이름 붙이기를 바가지 과장, 사장의 팔촌쯤 되는지 상
당한 권력을 휘두르는 자였다. 바가지 머리가 단정한 데다
가 여드름이 촘촘해서 나이가 많아 뵈지도 않았다.

"오늘부터 기판 작업 좀 해야겠는데……." 바가지가 반
장에게 와서는 애매한 말투로 말했다.

"아, 네, 네." 반장은 맞은편에 앉은 나에게 바가지를 따
라가라고 눈짓했다.

나는 하던 일을 멈추고 작업장 한쪽 끝, 작은 기계와 컴
퓨터가 있는 자리로 갔다. 알고 보니 혈당계용 기판에 프
로그램을 심는 데였다. 기판은 다섯 개가 한 세트를 이루
었다. 한 세트씩 기계에 올리고 컴퓨터를 조작하면 프로그
램이 입력되었다.

"여기다가 이걸 올리고 그걸 눌러. 그동안 다른 거에다
가 저걸 붙여."

대명사가 난무해서 이것은 무엇이고 저것은 무엇이며
그것과는 무슨 차이가 있는지 헷갈렸으나, 뇌세포에 총동

원령을 내려 말뜻을 이해하고야 말았다. 요는, 기계에 기판을 올려 프로그램을 심는 동안 다른 세트를 준비해 조그만 납이 두 개씩 달린 스티커를 각 기판마다 붙이라는 것.

"기계를 놀리면 안 돼. 계속 돌려." 그러더니 나를 보며 덧붙이기를, "알았죠?"

"…… 네."

얘가 날 언제 봤다고 반말이야? 당황을 넘어 황당으로 치닫던 중이었는데, 끝마무리는 반말이 아니었다. 뭐, 다행이었다. 나는 안정적인 평화를 선호하게 되었으니까.

기계는 기판을 올리고 뚜껑을 내려 덮을 때마다 쉭, 쉭, 소리를 냈다. 컴퓨터의 모니터에 뜬 시작 버튼을 클릭하고는 다음 기판을 꺼내서 네모난 선 안에 들어가게 스티커를 붙였다. 바가지가 시범을 보여준 대로였다. 작은 스티커를 작은 네모 안에 들어가게 하려니 손이 떨렸다. 프로그램을 입힌 기판은 하나씩 비틀어 떼어내서 오른쪽 옆의 플라스틱 바구니에 담는다. 왼쪽으로는 머릿속에 아무것도 들지 않은 순진무구한 기판이 몇 상자씩 쌓였는데, 내 앉은키보다 높았다. 기판 세트를 비틀어서 낱개로 분리하는 작업을 반복하니 살갗이 벌게지고 손목이 시큰거렸다.

내가 잘하고 있나, 실수하지는 않았을까, 비판과 성찰을 쉬지 않아야 해서 머리도 지끈거렸다.

바가지는 다른 작업대 앞에 다리를 꼬고 앉아 스마트폰을 만졌다. 가운 형식의 흰색 제전복이 구깃구깃했다. 여기는 바가지에게 소속된 치외법권 지역이라 반장은 얼씬도 못 한다. 기판 모서리에 베인 손가락에서 피가 났다. 나는 작업대 아래쪽에 손을 문질러 닦았다. 혈당계로 내 핏방울을 검사하면 어떤 결과가 나올까. 좋은 항목에서는 낮은 수치가, 나쁜 항목에서는 높은 수치가 나오려나. 그 시점에서 내가 내린 자기평가였다. 이 기계에 기판 대신 내 손을 올려 유용한 프로그램을 심어볼까. 활달한 성격, 약삭빠른 눈치, 영리한 처세술, 싫은 소리는 한 귀로도 안 듣는 결단력, 헐값에 들어오는 일은 단칼에 거절하는 대범함. 그러나 나는 좀 더 고결하고 눈부신 것을 원했다. 싸움을 서슴지 않는 용기라든지, 정의의 사소한 실현을 위해서라면 작은 손해쯤은 감수하는 희생이랄지, 그런 진전을 말이다.

"물량이 너무 달리는데? 다른 때보다 절반도 안 나왔어, 물량이. 사백팔십 개! 아니, 어떻게 그래? 일한 거 맞아?"

퇴근 시간 즈음, 바가지가 오더니 말했다.

일했다. 쉬는 시간과 점심시간에도 머리로는 쉬지 않고 일했다. 그 바쁘던 머릿속이 하얘졌다.

"못해도 천 개는 나와야 된다니까. 일정이란 게 있는데, 어쩔 거야, 이걸."

화가 났다기보다는 작금의 상황에 어처구니가 없고 어이가 없다는 식이다. 어처구니와 어이라면 나에게도 없었다. 하루에 천 개를 해야 한다니, 새하얘진 눈앞이 까매진다. 며칠 동안 해치워야 될 분량이 총 사천오백 개란다, 바가지 말로는.

"내가 말했잖아. 기계를 놀리면 안 된다고. 저기다가 올리고, 응? 그동안에 이걸 붙이라니까. 붙이는 데 정신 팔려서 시간 끌면 기계가 놀잖아. 어쩔 거냐니까, 일정."

나는 얼이 빠져서는 입을 벌린 채 주변을 둘러보았다. 나와 눈이 마주치자 반장은 뭐라 말하기 힘든 표정을 짓더니 고개를 숙였다. 이미 고개를 수그린 채 몸을 웅크리고서 한 공정씩 맡아 일하는 여자들, 퍼런 일개미 열다섯. 룰루와 비슷한 자세였다. 저들의 표정도 룰루와 비슷할까? 속이 메스껍고 울렁거린다는 표정, 탁 트인 곳으로 가서 소리라도 지르고 싶어 하는 표정. 작은 알사탕 한 알과 같은 일이 이곳에서도 일어난다면 좋겠는데 말이다.

"알았냐니까?" 바가지는 휴대폰 모서리로 내 어깨를 꾹 눌렀다.

내 뇌세포는 주먹을 쥐었지만 입은 네, 대답했다. 이것 참, 어쩌면 좋아. 난 정말 평화를 사랑하게 된 모양이었다.

집에 돌아가니, 근무를 마치고 돌아온 겸은 잠들어 있었 다. 나는 겸이 깨기를 기다렸다가 그날 겪은 일을 들려주 었다. 매미 울음소리가 요란하고도 처량한 밤이었다. 겸은 몸 어딘가의 관절에서 우두둑 소리가 나리만치 벌떡 일어 났다.

"그 새끼, 남자야?"

"…… 응."

그때부터 겸은 본격적으로 날뛰었다.

"개새끼가! 싸가지 없이 반말을 해? 당장 관둬! 내일부 터 나가지 마!"

바가지에게 어떻게 대응하면 좋을지 겸과 의논하고 싶 었는데, 겸은 화만 냈다.

"겸! 너 흥분하라고 한 소리가 아니라, 그런 캐릭터 겪어봤냐니까? 넌 남자들하고 일 많이 해봤잖아."

"인간 자체가 글러먹었는데 남자든 여자든 무슨 상관이야!" 겸은 씩씩댔다.

아니 그럼 남자냐고는 왜 물어본 건데. 나는 속으로 구시렁거렸다. 그리고는 겸이 나와 똑같은 일머리와 손재주로 쉭쉭대는 기계 앞에 앉아 있었다면 어땠을까 상상했다. 성별만 남자인 채로 말이다. 바가지는 겸의 어깨도 휴대폰 모서리로 찔렀을까? 글러먹은 인간이니까 그랬을 것 같다. 아주 글러먹은 인간이라면 남녀를 다른 태도로 대할 테니까 겸에게는 안 그랬을 것 같기도 하고. 알쏭달쏭했다.

"그딴 새끼는 그딴 식으로 살다가 죽으라고 냅두고, 넌 당장 관둬. 나부터 속 터져 죽기 전에."

"관두면? 그냥 집에 있으라고?"

"차라리."

"너 바나나 잘라주면서?"

"지금 그 얘기가 아니잖아!" 겸의 얼굴이 시뻘게졌다.

나는 손을 내저으며 아아, 인정, 지금 이 상황에 부적절한 발언임을 인정, 했다. 나라고 해서 그 공장을 천년만년 다닐 뚝심은 없었다. 겸이 화를 내면 낼수록 내 속에서 부글거리던 울화는 가라앉았다. 마음속의 연기와 화기가 겸이라는 굴뚝으로 빠져나가는 듯했다.

"나야 그만두면 그만이지. 알아. 근데 말이야, 바가지 걔는 다른 사람들한테도 계속 그럴 거야. 걔 때문에 관둔 사람이 한둘이 아니래."

"그러든 말든 너랑 무슨 상관인데. 그 사람들 하나하나 걱정해주려고? 너 그 사람들이 누군지는 알아? 모르잖아. 모르는 사이잖아."

그렇다. 내 뒤에 올 사람이 누구인지 나는 모른다. 하지만 자꾸, 이상하게도, 알 것 같다는 생각이 들었다. 우리가 아는 사이라는 생각이 들었다. 작업대 앞에 웅크린 채 혈당계를 조립하는 여자들이 떠올랐다. 나는 그들의 일부였고, 그들과 다르지 않았다. 내가 그만둔 뒤에 빈자리를 채우려고 들어올 여자 역시 나와 일부분을 공유할 것이다. 그림자에 겹친 그림자의 어둠과 그늘처럼. 금연 구역이라는 안내판을 가리키던 룰루의 손가락이 얼마나 바들거렸던가. 그 뒤에 먹은 사탕은 작고도 달았다.

"겸, 넌 여자들이 안정만 추구해서 불만 아니었어? 이번엔 나도 도전 좀 해보면 안 돼? 발전의 여지가 있다고 보거든, 난."

"또, 또, 쓸데없는 디테일 물고 늘어지네. 싸우자고 덤비지 좀 말고, 좀! 넌 밖에선 안 그러면서 나한테만 그러더라."

"이번엔 너하고 싸우자는 게 아니거든? 밖에서 싸워보겠다니까, 바가지 그 인간하고."

나는 누구를 위해서 바가지 과장과 싸우려 할까. 일단은 나 자신. 그리고 또? 열여섯 명의 파란 여자들? 휴대폰 모서리에 찔리다가 튀쳐나간 여자들? 누구를 위해서 누구와 싸울지, 그것은 인생에서 생각보다 중요한 문제일 듯하다. 지금도 누군가는 어딘가에서 나를 위해 싸우고 있을지도 모른다. 나는 그 사람의 얼굴을 모른다. 그러나 우리는, 아는 사이다.

"싸워? 뭘 어떻게 싸울 건데? 치고받다가 얻어터지고 입원할래? 청와대에 청원이라도 올릴래? 아니면 로또 맞아서 공장을 확 사버려?"

겸의 말에 나는 큭 웃었다. 겸도 화를 내다 지쳤는지 피식 웃었다.

"이상해, 너. 원래 이런 캐릭터 아니었잖아." 겸이 말했다.

"아니라고? 잘 생각해봐. 우리가 처음에 어땠는지." 내가 대답했다.

겸은 그 숱한 갈등과 말다툼, 괴로움과 화해를 떠올리는 듯했다. 그러더니 아아, 인정, 하고 손을 저었다. "그래, 말싸움. 그건 좀 가능성이 있겠네. 나랑 연습 많이 했으니까."

"그동안 쉬었더니 실력이 녹슬었어. 공장은 홈그라운드도 아니고. 으아, 떨려. 나 좀 도와줘, 겸!"

겸은 나를 바라보았다. 바가지가 난리 바가지를 피울 때, 목을 빼고 내 쪽을 바라보던 반장처럼 복잡한 표정이었다.

우리는 바가지와 벌일지도 모르는 말싸움의 예상 시나리오를 짰다. 겸은 내 혓바닥이 됐다가 분노가 됐다가 어리석음이 되는가 하면 용기가 되었다. 바가지의 반말을 견디는 반장, 혼자서 하루 물량 천 개를 감당해야 하는 파견직, 피가 나는 손가락을 작업대에 문지르는 신입이 되었다. 직접 겪어보지 않고서도 여자들을 잘 안다고 자신해왔으나 생각해보니 그렇지 않다고, 이제 막 알아가기 시작했을 뿐이라고 인정하게 되었다. 새벽에 출근해야 하는데도 밤늦도록 내 스파링 상대가 되었다. 말다툼이란 가상의 링 위에서 말이다. 그 링 위에서 나는 파란 여자들이기도 했고 산달을 앞둔 임신부인가 하면 웅크린 룰루, 손가락을 떠는 룰루이기도 했다. 싸우자, 생각했다. 알사탕만큼 작고 사소한 싸움일지라도, 싸우자.

  잠이 들었나 보다. 알람 소리에 눈을 뜨니, 침대 옆 작은 탁자에 접시가 놓여 있었다. 비뚤비뚤 썬 바나나가 담긴 접시였다. 겸도 참 이런 쪽으로는 손재주가 없다. 바나나 한 조각을 입에 넣고 우물거렸다. 하다 보면 늘 거야, 겸. 나도 이젠 쿠션 잘 붙이거든. 어쨌거나 바나나는 맛있었다.

5

  파국은 뜻밖의 순간에 의외의 모습으로 찾아왔다. 천 개든 사백팔십 개든 오늘의 문제는 그게 아니었다. 스티커였다. 기판에 붙은 스티커의 모양새를 바가지가 지적하고 나선 것이다.

"이걸 어떻게 이따위로 붙여? 이러면 안 된다고 했잖아!"

안 된다고 언제 그랬나? 그런 적 없다. 보여주는 대로 하라고 해서 시키는 대로 했을 뿐이다. 바가지가 플라스틱 바구니에서 기판 하나를 꺼내더니 내 눈앞에 대고 흔들었다. 스티커는 기판에 그려진 네모 안에 비교적 얌전하게 들어앉은 상태였다.

"이게 이러니까 인식을 못 하잖아. 불량이야, 불량이라고! 다 뜯고 다 다시 해야 돼. 이 여자 이거 답답해서 진짜. 제대로 좀 합시다. 알았죠?"

스티커를 제대로 어떻게 붙이는지 제대로 좀 보여달라고 말할 참이었는데, 바가지는 기판을 바구니에 던지더니 작업장 밖으로 나가버렸다. 나는 5분이라는 천금 같은 시간을 스티커 붙이기 연구 활동에 썼다. 스티커를 네모 안에 최선을 다하여 좀 더 반듯하게 붙이자고 자구책을 마련했다. 선에 꼭 들어맞게 붙이면 그것이야말로 제대로겠지.

한 시간 뒤.

다른 작업대에 앉아 제품을 검수하던 바가지가 자리를 박차고 일어나 걸어왔다. 가운 자락을 창과 검처럼 휘두르면서.

"내가 제대로 붙이랬지! 어떻게 방금 전에 말했는데 바로 또 불량을 보내? 지금 누구 놀려? 응?"

지금 누가 누구를 놀리는데. 바가지, 당신 세계에는 '제대로'와 '빨리'만 있지 '무엇을'과 '어떻게'는 없어? 나는 스티커를 어떻게 붙여야 할지 몰랐고, 내가 무엇을 잘못했는지도 몰랐다. 내가 넘긴 기판을 케이스에 넣어 조립하던 여자들이 이쪽을 힐끔거린다. 반장도 일손을 멈추었다. 착각인지는 모르겠으나 걱정스러워하는 눈빛이었다. 바가지 과장에게 쥐어뜯기는 공정은 반장이 시킨 일에 없었다.

"지금 몇백 개를 다 해체해서, 응? 스티커 떼고, 붙이고, 그 짓을 하게 생겼잖아, 지금. 불량을 왜 보내, 불량을! 뇌가 불량이야? 똥이야?"

아아, 나 때문에 다른 사람들이 그런 생고생을……, 나는 손재주도 없고 일머리도 없으니까 모르긴 몰라도 뭔가 잘못했을 거야. 혀에 돋은 방패를 휘둘러보지도 않고 항복하려는데, 마음속에서 누군가의 목소리가 들려왔다. 싸워

쥐요! 겸의 목소리도 들려왔다. 네 잘못이 아니라니까! 나는 숨을 들이마신 다음에 어깨를 폈다. 그러자 나도 모르게, 겸과 밤새 연습한 예상 답안 중 하나가 튀어나왔다.

"그럼 애초에 제대로 가르쳐주던가."

뱉었다. 시작했다. 전진이다! 장갑을 한 손가락씩 잡아당겨 벗은 다음 작업대 위에 올려놓으며 마음을 다잡았다.

"뭐? 지금 이걸 다 떼고 다시 붙여야 되는데 그런 뻔뻔한……."

"아 그러니까, 어쨌든 그건 미안하게 됐는데……." 하고 나는 바퀴 달린 의자를 돌려 바가지를 똑바로 올려다보며 말했다. "왜 자꾸 반말이야?"

바가지가 멈칫하더니 입을 다물었다. 두 눈에 당황한 기색이 스치고 지나갔다. 내 반말이 뜻밖이고 의외인 모양이었다. 그러더니 푸슈슈, 웃는다. 복구 패치를 돌리는 중인가. 겸과 연습한 대로 되어가고 있다. 어이, 바가지. 어떻게 예상에서 한 치도 벗어나지를 않냐. 내가 뻔뻔하다고? 넌 뻔해. 지루해. 심장에서 흘러나온 피가 혀끝으로 달려갔다.

"자꾸 듣다 보니까 기분이 나빠지네?" 반말하는 싸가지 바가지라니, 불쾌하잖아. 잠깐만 붙였다가 떼어도 끈적끈

적한 접착제가 남는 싸구려 스티커처럼.

"······ 퇴근하세요."

얼씨구. 자기는 과장이고 나는 알바라 이거지.

"네가 나 고용했어? 가라 마라 하게."

내 고용주는 부지런한 개미 어쩌고 하는 파견 업체의 사장이었다. 나는 언제든 때려치우고 집어치워도 다음 날이면 아무렇지도 않게 다른 곳에 파견되면 그만인, 위풍당당 최저임금 노동자란 말이다. 가운 갑옷에 스마트폰 검과 슬리퍼 전투화를 착용하고 가슴에는 사직서와 자소서를 방패처럼 두르신 과장님과는 달랐다. 나는 떳떳한 빈손이고 담대한 맨손이었다.

"퇴근하라니까!"

"너 몇 살이니?"

"스······, 서른아홉."

아이 참, 바보. 이걸 대답하고 그러냐. 스물아홉이든 서른아홉이든 나에게는 모범 답안이 있거든. 본인 입으로 서른아홉이라고 했으니 이렇게 말할 차례였다.

"그럼 나잇값 좀 해."

설마, 이런 말까지 하게 될까? 반신반의하면서도 마련

해둔 최후의 보루를 써먹게 될 줄이야.

"이런, 씨……, 가라고! 가!"

입술을 부들거리며 잇새로 내뱉는 꼴이, 한 대 치기라
도 할 기세다. 주먹을 쥔다든지 가까이 온다든지 되도 않
게 위협적으로 굴면 그쯤에서 끝내. 맞으면 아프거든. 걔
가 아파야지 네가 아프면 되겠어? 겸이 충고한 대로, 나는
이쯤 해두기로 했다.

"응, 안 그래도 갈 생각이었어. 잘 있어!"

자리에서 일어나며 모자를 벗었다. 자동문을 향해 걸어
가는 내 뒤통수에 대고 바가지가 상욕을 뱉었다. 그 자식
이 욕이라도 하면, 그것도 앞에선 못 하고 뒤에서 하면, 그
땐 우리가 이긴 거라고 해두자. 겸과 내가 말싸움 연습의
끄트머리에서 이룬 합의였다. 뒤를 돌아보았다. 파란 여자
들이 나를 바라보았다. 우리의 눈빛이 엉켰다. 나는 두 팔
에 달린 주먹을 허벅다리에 대고 불끈, 쥐어 보였다. 그러
고는 다시 뒤돌아 걷기 시작했다. 작고 사소한 승리를 거
둔 사람의 얼굴을 하고서.

6

"학교에 들어갔을…… 나이예요."

룰루가 말했다.

아침 8시 40분, 초등학교 운동장 앞의 벤치였다. 나는 출근할 곳을 잃었지만 룰루를 보러 이곳으로 왔다. 밤에 자고 아침에 깨는 생활을 얼마 동안 이어갈 작정이었다. 5분 뒤에 올 마을버스는 아무도 태우지 않은 채 정류장을 지나치겠다.

"첫아이, 큰딸 말이에요. 한 달도 안 돼서…… 가버린……."

아, 하고 나는 대답했다. 마음속으로만, 아. 태어나서 한 달도 못 살고 떠난 아이, 살아 있었다면 올해 초등학생이 되었을 아이.

"남편이 자꾸 둘째를…… 우리 첫째라고 그래요. 잊어야 한다고, 억지로라도 잊으라고……. 시댁도, 주변 사람들도 다들……."

룰루는 초등학교 담장 앞으로 갔다. 나도 그 옆에 가서 섰다. 매미가 울었다. 세상은 여름이었다. 룰루가 떠나지 못하고 서성거리는 계절이 무엇인지는 모르겠으나.

"그 애를 기억하는 사람이…… 이 세상에서 나 하나라는…… 그럴지도 모른다는 생각을 하면……."

운동장에 멧비둘기가 한 마리 내려와 앉더니 부리로 바닥을 훑었다. 언젠가 친구가 말했다. 저기 있지, 저 갈색비둘기. 쟤들은 쟤들끼리만 다니더라. 나중에야 알았다. 그 갈색 비둘기가 멧비둘기라는 사실을. 멧비둘기가 한 마리 더 날아왔다. 나와 룰루는 우리의 작은 세상 속에서 멧비둘기처럼 우리끼리 있었다. 그 순간 그랬다.

"저기, 있잖아요."

내가 말하자 룰루가 나를 바라보았다. 깊은 눈동자. 한 아이의 엄마라고들 알겠지만 사실은 두 아이의 엄마. 앞으로도 계속, 영원히. 나는 룰루의 삶에 내 삶을 겹쳤다. 우리 삶의 경계가 뭉개졌다.

"저도 같이 기억할게요."

룰루의 눈 속에서, 조그만 꼬맹이가 조그만 손으로 터뜨린 조그만 폭죽 같은 불빛이 타올랐다가, 사그라졌다. 룰루의 그리움은 나의 고독이 되었다. 우리 것이 되었다. 나는 그 눈부시고 고결한 고통을 받아들였다. 내 뒤에 올 또 다른 여자의 고통을 향해 한 발을 내디뎠다. 룰루, 잊지 않고 기억하는 것은 당신의 권리예요. 그러니까 계속 싸워줘요. 공장에서 어떤 일을 겪었는지, 나는 룰루에게 말하게 될 것이다.

가방을 멘 아이들이 운동장을 가로질러 걸어갔다.

나와 룰루는 아침마다 초등학교 앞의 마을버스 정류장에서 만났다. 끊어질 듯 이어지는 휘파람처럼 목소리를 낮추어 이야기를 나누었다. 나는 매번 내 그림과 노동력에 터무니없는 값을 부르는 업체의 전화를 차단했다고, 매미 울음이 그쳤으니 가을이 오는 모양이라고, 웨딩드레스에 어울리는 재미있는 소품이 없을지 고민 중이라고, 작은 세계 속의 일상과 소식을 전했다. 룰루는 내 쪽으로 몸과 귀를 기울였다. 그리고 하루에 한 소절씩만 부르는 노래처럼 오래 가다듬은 다음에야 자기 이야기를 했다. 얼른 아이를 가져야 한다는 주변의 성화에 등을 떠밀리듯 둘째를 임신했다고, 사실은 좀 더 시간이 필요했다고 말이다. 남편에게 이런 말을 해주고 싶을 때가 있다고도 했다.

"자꾸 그러면 당신, 내 첫 번째 남편으로 기억해줄 거야!"

그때만큼은 단어와 단어 사이가 멀지 않았다. 우리는 내리는 이도 타는 이도 없는 마을버스가 지나간 다음에야 킥킥거리며 웃었다.

겸과 함께 초등학교 쪽으로 산책을 나갔다가, 룰루와 남편을 본 적이 있다. 두 사람은 초등학교 담장 앞에 서 있었다. 걷지 않고 멈춘 두 사람, 나란히 선 두 사람, 마주 보는 두 사람을 목격하기는 처음이었다. 남편이 손을 휘저으며 목소리를 높였다. 룰루는 고개를 저었다. 천천히, 단호하게. 남편이 소리쳤다. 미련하게 굴지 마! 룰루가 남편을 똑바로 바라보았다. 무엇인가 말하는 듯했지만 들리지 않았다. 룰루의 남편은 하늘을 올려다보며 하아, 탄식하더니 우리 쪽으로 걸어왔다. 머리를 숙인 채 달리는 황소처럼 빠르고 거침없는 발걸음. 우리와 부딪힐 듯했다. 겸과 나는 골목길 모퉁이로 피했다. 모퉁이를 지나쳐 걸어가던 그 사람이 멈춰 섰다. 두 손에 얼굴을 묻는다. 우리는 발자국조차 남기지 않으려고 애쓰며 골목길로 파고들었다.

마을버스 정류장에서 룰루와 마주치는 횟수는 점점 줄어들더니 어느 날부터인가 0이 되었다. 그리고 얼마 지나지 않아 룰루네 집은 친정 근처로 이사를 갔다. 룰루는 취업하기로 마음먹었다고 했다.

한겨울, 룰루가 결혼 선물을 보내왔다. 상자를 열자 장난감 피리가 나왔다. 힘을 주어 불면 돌돌 말린 비닐이 코끼리 코처럼 펴졌다. 겸과 나는 서로의 얼굴에 대고 피리를 불었다. 피리가 우리 대신 웃어주었다. 웨딩 사진을 촬영할 때도 알사탕처럼 알록달록한 그 장난감을 챙겨 갔다. 드레스와 턱시도를 입은 채 코끼리 피리를 불며 웃는 부부. 우리의 결혼사진이었다. 결혼은 식어버린 붕어빵인가 싶다가도, 펴졌다 말렸다 하는 피리이기도 했다. 식은 올리지 않았다. 청첩장을 돌리지도, 부케를 던지지도 않았다. 겸은 제철소에 며칠 휴가를 냈고, 나는 마감 기한을 늦추었다. 신혼여행이라기보다는 겨울 휴가를 제주도로 다녀왔다. 차갑고 파랗던 그 섬의 겨울 바다. 손안에 쥐고 뭉친 솜뭉치처럼 조그마한 결혼이었다.

초등학교 앞을 지나칠 때마다 룰루가 떠오른다. 운동장을 맴도는 멧비둘기 같던 여자, 거듭 빤 손수건에 묻은 얼룩 같던 여자. 그리고 그 여자의 몸에서 태어나 한 달도 못 살고 떠난 아이. 솜처럼 가볍고 부드러웠을 아이. 우리

딸은 좋은 사람이 되었을 거예요, 룰루는 말했다. 자기가 소중해서 남도 소중히 여기는 사람이 되었을 거예요. 룰루와 아이는 하나로 이어져 있다. 룰루 뒤에 따라붙게 마련인 랄라처럼 말이다. 룰루와 랄라를 생각할 때마다 나는 코끼리 피리처럼 흥겨운 그 어감과는 달리, 쓰디쓴 가루에 혀끝을 댄 듯 움찔한다. 하지만 그 순간, 내 마음은 가난하지 않다. 룰루랄라, 룰루랄라······ 따뜻한 물처럼 늑골 안으로 퍼져나가는 노래 때문일까.

작가 노트

나는 사람이 사람에게 때때로는 절망일지라도, 대체로는 위로와 용기를 주는 노랫소리라고 믿는다.

이 소설 속에서 몇몇 사람은 노랫소리를 들었다.

당신도 그럴 것이다. 당신의 삶 속에서.

정
지
향

베이비 그루피

2014년 장편소설 『초록 가죽소파 표류기』가 제3회 문학동네 대학소설상에 심사위원 만장일
치로 선정되며 작품 활동을 시작했다. 우수 어린 감수성으로 동시대 젊은이들의 현실을 날카
롭게 포착하는 작가로 평가받고 있다.

1

초와 다시 홍대에 간 것은 비가 억수같이 쏟아지는 수
요일 저녁이었다. 내가 우산을 들고 초가 지도 앱을 보며
길을 찾았다. 거센 빗줄기 때문에 시야가 흐렸다. 상수역
에서 합정역으로 이어지는 대로에는 크고 작은 골목이 붙
어 있었고, 그것들은 합쳐졌다 나눠지길 반복하며 우리를
자꾸만 같은 자리로 되돌려놓았다. 저편에서 세단 한 대
가 달려와 휴대폰에 코를 박고 걷던 초의 몸을 스치고 지
나갔다. 우리는 마지막으로 다시 한번 왔던 길을 되돌아가

보기로 했고, 마침내 골목 끝에서 건물 귀퉁이에 삐죽 달린 간판 하나를 발견했다. 가까이서 보니 그건 간판이 아니라 동그란 스네어드럼이었다. 푸른 페인트로 써넣은 상호가 반쯤 지워져 흐릿했다.

건물 처마 아래 섰을 때 초가 입은 민소매 티셔츠와 스키니진은 비에 흠뻑 젖어 있었다. 내 원피스도 마찬가지였다. 우리는 옷자락을 몸에서 떼어내며 좁고 퀴퀴한 냄새가 나는 계단을 차례로 내려갔다. 발을 내디딜 때마다 새로 사 신은 에나멜 구두 굽이 시끄러운 마찰음을 냈다. 이미 공연 시작 시간은 지났지만 클럽 내부는 한산했다. 무대 위엔 미리 세팅해둔 악기들이 덩그러니 놓여 있었다. 곳곳에 피워둔 나그참파 인센스 스틱이 타들어가며 비 비린내를 지웠다. 바에 기대어 사장과 이야기를 나누고 있던 밴드 매니저 언니가 그쪽으로 먼저 걸어간 초를 보고 아는 체를 했다. 클럽 구석 자리에선 밴드 멤버들과 그들의 여자 친구 두엇이 자리를 잡고 맥주를 마시고 있었다.

나와 초는 각기 만오천 원씩을 매니저 언니에게 줬다. 언니는 바에 놓여 있던 띠 모양의 티켓을 초와 나의 손목에 감아주었다. 원 프리 드링크야. 언니가 턱을 괴고 말했다. 우리는 메뉴를 끝까지 읽어본 후 결국 생맥주를 한 잔씩 주문했다. 거대한 체구의 바 사장은 삼백안이었다. 큰 눈에 어울리지 않게 작은 눈동자 때문에 흰자위가 많이 드러나 보였다. 초와 내가 우리의 얼굴 위로 약간 길게 머무는 그의 시선을 받아낸 뒤에야 사장은 탭을 움직여 맥주를 따르기 시작했다. 초는 나를 보며 설핏 웃었다. 초가 오후 내 정성 들여 펴 내린 검고 긴 머리카락이 습기를 머금고 그 애의 얼굴선을 따라 구불거렸다.

우리는 스툴에 올라앉아 조악한 크리스털 컵에 담긴 땅콩을 집어 먹었다. 스피커에선 밴드의 노래가 흘러나오고 있었다. 십 년 전 발간한 첫 앨범의 타이틀이자 그들의 곡 중 유일하게 작은 히트를 기록한 노래였다. 초와 나는 등 뒤쪽의 멤버들을 이따금 힐끔거렸다. 초가 손을 뻗어 말려 올라간 내 치맛자락을 가만히 끌어 내려주었다.

초와는 여름방학이 되면서 친해졌다. 한집에서 생활해 온 것치곤 그간 꽤 서먹했다. 초와 나를 포함해 같은 반 애들 다섯이 전셋집을 얻어 지냈는데, 필요에 의해 모였기 때문인지 시간이 흘러도 더 돈독해지지는 못했다. 나는 같은 방을 쓰는 둘과는 좀 가깝다고 할 수 있었지만 학교에서 점심을 함께 먹는 무리는 또 따로 있었다. 우리가 다니는 신설 예술고는 자금 문제로 기숙사 건물을 세우지 못한 채 개교했나. 이사상은 매번 운농장 뒤편의 테니스장을 가리키며 곧 저기에 기숙사가 들어설 예정이라고 말했다. 테니스장을 사용하는 건 학생들이 아니라 이사장과 교감을 비롯한 몇몇 늙은 선생들이었고, 그들이 공을 받아치며 내는 징그러운 신음을 들을 때마다 아이들은 몇 년 내에 기숙사가 생기는 일은 없을 거라고 확신했다. 실기동 꼭대기 층에 임시로 마련된 도미토리는 희망 인원의 절반도 수용하지 못했다. 부모를 설득하는 데 성공한 아이들은 학교 부근에서 자취를 했다. 하숙집에 들어가거나 우리처럼 공동 주거 공간을 꾸리는 것이 다음 옵션이었다. 일주일에 두 번 가사 도우미 이모가 왔고 엄마들도 자주 들러 반찬을 놓고 집안일을 돌봤다.

부모의 정기적인 방문을 받지 않는 건 초와 나뿐이었다. 우리 엄마는 학교의 유난한 치맛바람 대열에서 일찌감치 이탈했다. 같은 경기도라곤 해도 학교가 있는 D시와 우리 집은 정확히 반대쪽이었고, 엄마는 십 년간 학습지 교사로

근무한 끝에 얼마 전 지부장이 되었다. 퇴근 후에도 교사들에게 전화를 돌려 회원 관리에 힘쓰라고 닦달해대는 게 일상이었다. 엄마가 짜낼 수 있는 가정에 대한 관심은 경미한 ADHD 증세를 보이는 남동생에게 쏠렸다. 내가 중학교 시절 독립 영화 오디션에 합격해 한겨울 지리산에서 이어진 촬영을 마치고 돌아왔을 때, 엄마는 꼭 한 번 나를 붙잡고 정말 이것이 하고 싶은지 물었고, 그것으로 끝이었다. 유명 연기과 교수 출신이 지도를 맡게 되었다는 정보를 알아내어 이 학교에 입학하기로 한 것도, 같은 반 애들이 전셋집을 구한다는 이야기를 듣고 함께 지내기로 한 것도 나였다. 달리 항의할 생각은 없었다. 레슨비를 포함해 대학 등록금에 맞먹는 학비를 엄마가 지불하고 있었고 또 어렴풋이 그게 우리 형편에 얼마나 빠듯한 일인지 나는 알고 있었다.

소문에 의하면 초에겐 좀 더 복잡한 사정이 있는 듯했다. 초의 부모는 초가 어릴 적에 이혼했다. 그건 뭐—내 경우를 포함해—그다지 드물지 않은 이야기였다. 마흔 명의 연기 전공생 중에도 비슷한 배경을 가진 애들이 몇 됐다. 신입생 무렵 자기의 역사를 직접 써 독백하는 수업이 있었다. 애들의 상상력이란 대체로 부모가 내게 뭘 해줬니 못 해줬니, 하는 데서 멈췄으므로 우리는 그때 서로의 별 볼 일 없는 가정사를 속속들이 알게 됐다. 초는 독특하게도 어릴 적 기르던 개에 대한 이야기를 썼다. 개의 이름을 하늘이, 로 지었기 때문에 개가 일찍 하늘로 가지 않았을까 하는 다소 결과론적인 자책이 담긴 독백이었다. 그다지 감정을 싣지 않고 연기했는데도, 초의 크고 물기가 많은 눈동자 때문인지 아이들은 숨죽여 집중했다.

소문은 초의 엄마와 아빠가 학부모 대표의 연락을 피하고 서로에게 미루면서 퍼지기 시작한 모양이었다. 초와 같은 중학교를 나온 다른 과 학생을 소식통으로 초의 부모가 각자 재혼해 아이가 둘씩 있는 데다 어느 한쪽도 초를 거두려하지 않는다는 것과, 초가 여태 할머니 손에 자라왔다는 것이 밝혀졌다. 학교가 교육부 지원을 받기 위해 일부러 초를 장학생으로 선발했다는 말도 있었다. 그 대목만은 그때도 지금도 믿지 않는다. 아이들은 얼굴근육을 조금 움직이는 것만으로도 풍부하게 바뀌던 초의 표정을, 그 애의 곧은 허리와 걸음걸이를, 그래서 곧잘 성숙한 주연을 맡는 초를 질투했다. 알음알음으로 퍼지던 소문은 한 레슨

강사가 초의 허벅지에서 얇게 뜬 자해 흔적을 발견하면서 좀 더 노골적이 되었다. 초는 이후로 아이들이 다 등교하도록 침대에서 나오지 않다가 점심께 교실에 들어서는 날이 잦았다.

　방학이 시작되면서 룸메이트들은 집에서 통학을 하기 시작했다. 2학년은 방학 중 일주일에 세 번 등교해 레슨을 받게 되어 있었다. 그 애들은 학교에 가지 않는 날엔 엄마 차를 타고 뮤지컬이나 현대무용 같은 외부 특기 수업을 받으러 다녔다. 방학이 끝나면 곧 수시 철이었다. 선배들이 모의 입시를 볼 때마다 과 전체가 긴장으로 고조되었다. 우리는 강당에 줄지어 앉아 레슨 강사들이 선배들을 쪼아대는 걸 지켜봐야 했다. 그들은 선배들의 표정과 목소리, 자세와 몸매를 부러 모진 말로 자극했다. 통통하고 (미안하지만 정말이지 객관적으로) 못생긴 한 남자 선배는 익살스러운 연기가 개성 있다는 평을 받은 반면에, 수준급의 아크로바틱을 특기로 하며 입시 선정 지문을 모두가 놀랄 만큼 자신 있게 연기한 언니에게는 살을 빼라는 조언이 돌아갔다. 이목구비가 큼직해 유독 카메라를 잘 받는 언니가 낮은 점수에 사색이 되었을 땐 "그래도 너 같은

애들이 대학 가면 주연한다"라는 강사의 위로가 덧붙었
다. 언니들은 오래 울고 나서 눈이나 코를 새로 약간 손보
고, 이마와 턱에 필러 주사를 맞고, 혈색을 맑게 해준다는
침 시술을 한 채 나타났다. 동기들 역시 그런 분위기에 힘
입어 이미 쌍꺼풀 수술을 한 눈을 앞뒤로 트거나, 코끝의
연골을 실로 묶어 날렵하게 하는 수술을 했다. 뒤지지 않
겠다는 듯 남자애들 절반이 단체로 눈썹 문신을 하고 오
기도 했다. 아직 탈각이 일어나지 않은 눈썹은 매직펜으로
칠한 듯 까맸다. 교실에 앉아 있을 때면 사방에서 부담스
러운 기운이 느껴졌다.

나는 여름 동안 어쩐지 그런 일들로부터 멀리 밀려나는
듯했다. 내가 원한다면 엄마는 무리해서라도 외부 레슨을
시켜줄 것이고, 어쩌면 가벼운 성형도 허락해줄지 몰랐다.
하지만 나는 더운 방 침대 위에서 토렌트를 뒤져 열 번쯤
본 에릭 로메르의 계절 시리즈를 다시 다운로드하거나 유
튜브를 흘러 다니며 해외 연극제 영상을 찾아보면서 시간
을 보냈다. 대학에 진학하고도 얼마간 시간이 더 흐른 뒤
에야 깨닫게 될 일이었지만 그때 나는 전형적인 우울증
증세—무기력과 불면, 의욕의 상실과 잦은 자책, 집중력

상실—를 보였다. 연기는 내가 할 일이 아니라는 확신이 들었다가 다음 순간엔 이 정도는 나도 할 수 있다는 자만이 들었다. 섭식장애도 있었다. 외식을 하고 돌아온 날엔 속을 게워내야만 마음 편히 침대에 누울 수 있었다. 나머지 식사는 직접 기른 밀싹을 잘라 스무디를 해 먹는 것으로 대체했다. 따뜻한 날씨 덕분인지 밀싹은 한나절 만에도 쑥쑥 키를 키워냈다. 나는 창가에 놓아둔 플라스틱 재배판을 오랫동안 바라보곤 했다.

반면 초는 떠들썩하던 집안이 조용해지자 전보다 자주 거실을 돌아다녔다. 시간을 들여 요리를 만들고 소파에 누워 텔레비전을 봤다. 화장실에 가기 위해 거실로 나가면 늘 같은 원피스 잠옷 차림의 초를 볼 수 있었다. 초는 나를 향해 손을 살짝 들어 보였다. 나는 초의 맨얼굴을 그즈음 처음 보았다. 초는 밤 10시까지 이어진 레슨을 끝내고 와서도 아이들이 다 잠들 때까지 화장을 지우지 않는 애였다. 옅은 주황빛의 주근깨가 콧잔등을 따라 살짝 돋았을 뿐, 중학교 시절 한 차례 여드름 폭격을 맞은 내 얼굴보다 훨씬 맑고 깨끗했다. 그렇게 가릴 것도 없었네 뭐, 나는 왠지 김이 빠졌다. 초와 나는 두 번쯤 같이 마트에 장을 보러 갔고, 어느 날엔 집 앞 화장품 가게에 들러 원 플러스 원 행사 중인 립틴트를 샀다. 어떤 색이 서로에게 더 어울리는지 알아내기 위해 얼굴을 좀 오래 마주 보게 되었다. 다음엔 또 두 번쯤 밤중에 노래방에 가서 더는 추가 시간을 주지 않을 때까지 노래 연습을 했다. 그리고 곧 자주 이야기를 나누기 시작했다.

D시에서 쭉 자라온 초는 그 동네의 유명한 비밀 술집에 나를 데려갔다. 중심가에서 가장 허름한 건물 꼭대기에 있는 가게였다. 창문마다 검은 시트지를 발라 밖에서는 영업점이 있다는 걸 눈치채기 힘들었다. 실외 배너 가게와 인쇄 사무실을 거쳐 계단을 올라가자 굳게 닫힌 방화문이 보였다. 초가 어디론가 전화를 걸었고 곧 문이 한 뼘 열렸다. 노랗게 머리를 탈색한 남자가 우리를 어두운 가게 안으로 안내했다. 가게는 아이들로 초만원이었다. 곳곳에서 쉴 새 없이 욕지거리와 웃음이 터졌고, 그들이 뿜어낸 담배 연기가 가게를 가득 채웠다. 어느 도시에나 있는 학생 술집이었다. 퍽퍽한 감자튀김에 맥주를 마시는 동안 초와 나는 이런 곳을 졸업할 때가 되었다는 데 의견을 모았다. 바닥에 침을 찍찍 뱉어대는 옆자리의 중학생들이 초의 다

리를 흘끔거렸다. 마침내 위아래로 트레이닝복 세트를 맞춰 입은 양아치들이 합석을 권해왔을 때, 초와 나는 가게를 나서기로 했다. 우리는 몇 잔의 맥주로 이미 취기를 느꼈다.

우리는 상가 계단에 앉아 페이스북을 뒤적인 끝에 그 시각 홍대에선 라이브 클럽 행사가 진행 중이라는 걸 알아냈다. 국내 밴드음악을 좀 듣는다는 게 초와 나의 또 다른 공통점이었다. 우리는 그날 우연히 라이브 클럽에서 술을 파는 사람들이 신분증 검사에는 관심이 없다는 것을 알게 되었고, 또 한물간 취급을 받곤 하지만 알 만한 사람은 다 안다는 한 밴드에 약간 빠졌다. 단지 그 밴드가 가장 마지막으로 무대에 올랐고 따라서 우리도 그때 가장 취한 채 노래를 들었기 때문인지도 몰랐다. 관객들은 그들의 히트곡을 함께 부르고 서로의 어깨에 손을 얹은 채 기차를 만들어 클럽 안을 돌았다. 공연이 끝난 뒤 초와 나는 그들의 최근 앨범을 샀다. 그리고 흡연 구역에 모여 있던 멤버들에게로 다가가서 사인을 받았다. 우리가 쓰는 신형 노트북엔 CDP가 없었고 시디를 사 모으거나 하는 낡은 취미가 따로 있는 것도 아니었으니, 그건 순전히 처음 본

라이브 공연이 우리를 드물게도 들뜨게 했기 때문에, 그런 기분을 그들에게 전하고 싶었기 때문에 한 일일 터였다. 그들은 우리의 이름을 묻곤 차례차례 사인을 해주었고 초와 나는 얌전해져신 가만히 기다렸다.

이후론 틈만 나면 그들의 라이브 영상을 찾아보았다. 그리고 다시 공연을 보러 가기로 약속했다.

*

수요 공연은 그 작은 라이브 클럽의 오랜 주요 기획이었다. 그즈음 홍대의 많은 일이 그랬듯이 수익을 내기 위해서 하는 일이라기보단 스러져가는 씬을 유지하려는 노력의 일환이었다. 무대 하나가 아쉬운 신인 밴드나 클럽과 오랫동안 관계를 맺어온 중견 밴드가 의리로 무대를 채웠다. 클럽의 공식 페이지에는 모객이 잘된 날의 사진이 올라오곤 했지만, 그날처럼 날씨가 나쁘다든지 하는 불운이 겹쳐 유료 관객이 거의 없는 때도 있었다.

그날의 유일한 유료 관객이 나와 초였다. 공연은 마지못한 분위기로 흘러갔다. 정해진 셋 리스트를 놓고 저들끼리

합주를 하는 것처럼 보였다. 밴드의 프런트 맨이자 보컬인 P는 한 곡이 끝나면 다음 곡의 제목을—관객을 위해서라 기보다는 다른 멤버들을 위해—중얼거렸다. 나머지 멤버들은 그 틈을 타 바닥에 놓아둔 맥주를 집어 들고 마셨다. 사장과 매니저, 그리고 멤버들의 여자 친구 두 사람이 객석 왼편에 서 있었으므로 나와 초는 반대쪽 끝에 섰다. 사람들은 간간이 동영상을 찍거나 멤버들의 기운을 북돋기 위해 부러 큰 소리로 환호했다. 우리 앞에 서 있던 베이스트 K가 무대 앞쪽으로 손을 뻗어 자주 초와 나에게 건배를 청했다. 그 밴드가 예의 앙코르곡으로 연주하곤 하는 매우 멜로디컬한 펑크 곡은 생략된 채 공연은 끝났다.

비는 그칠 줄을 몰랐다. 공연이 끝나고 나서야 몇몇 사람들이 클럽에 찾아왔고, 멤버들이 앉은 테이블이 점차 커졌다. 나와 초는 그들이 모여 이야기를 하고 음악을 틀기 위해 기계실 뒤쪽으로 오가고 알아서들 냉장고에서 맥주를 꺼내 마시는 것을 보면서 스툴에 앉아 있었다. 그들은 모두 서로 아는 사이 같았고, 그래서 초와 내가 초대받지 못한 방문객처럼 느껴지기도 했다. 곁에 앉은 초가 태연하게 휴대폰을 보면서 웃거나 흘러나오는 노래에 발을 까딱

거리는 것이 나에게 도움이 되었다. 어쨌거나 우리는 계속 술을 사 마실 수도 있었다.

우리를 부른 건 K였나. K는 밴드가 10년여간 활동하며 여러 번 멤버 교체를 겪는 동안 계속해서 활동해온 원년 멤버였고, 그래서 그들 중 가장 나이가 많기도 했다. 평소에는 말이 없다가 팟캐스트나 라디오 프로그램에서 밴드의 역사와 지향점을 설명할 때 진중한 태도로 입을 여는 사람이었다. 밴드의 몇 안 되는 팬들은 그를 아버지라고 불렀다. 그는 화장실에서 나와 곧장 우리가 앉은 쪽으로 다가왔고 이미 잘 아는 사이처럼 말을 놓았다.

왜 여기 있어?

네?

초가 되물었다.

왜 너희끼리 있냐고. 너희 지난주에 공연 왔지. 기억나.

K는 바 뒤쪽으로 들어가서 자기 몫의 맥주를 한 잔 따랐고, 반쯤 빈 나와 초의 잔을 가져가 맥주를 가득 채워주었다. 그러고는 저기 가서 같이 앉자, 하고 사람들이 모여 앉은 테이블을 가리켰다.

소개해줄게.

K는 초와 내 맥주잔을 돌려주는 대신 손에 쥐고서 재촉
했다. 나는 초의 얼굴을 바라봤고, 초는 고개를 오른쪽으
로 갸웃 기울였다. 그사이 K가 우리의 잔을 들고 먼저 테
이블 쪽으로 걸어갔다. 초와 나는 바 위에 올려 두었던 가
방을 집어 들고 천천히 일어났다.

우리가 다가온 것을 보고 사람들이 자리를 권했다. 나는
얼결에 매니저 언니 손에 이끌려 비어 있던 플라스틱 의
자에 앉았고, 그러는 사이 초는 K를 따라 테이블 반대편
으로 갔다. 사람들은 우리가 온 것에 개의치 않고 하던 이
야기를 계속했다. 공연이 끝나고 온 사람들은 다른 밴드의
멤버이거나, 인디음악 평론을 쓰는 사람이거나, 공연기획
자거나 어쨌든 모두 내부인들이었다.

그들은 최근에 꽹과리와 아쟁을 포함한 밴드 세트로 자
주 해외 페스티벌에 초청되는 한 밴드 이야기에 열을 올
리고 있었다. 영어로 가사를 쓰면서도 어기여차, 하는 전
통적인 추임새로 후렴을 꾸린다고 했다. 그건 서양인들의
이국취미를 빨아주는 뻔한 전략이라고 누군가 말했고, 뻔
한 게 아니라 쉽게 접근하는 거라고 또 누가 말했다. 공연

중엔 의욕을 잃은 것처럼 보였던 멤버들은 새삼 상기되어 있었다.

너는 어떻게 생각해.

옆에 있는 보컬 P가 내게 말을 건 것은 과열된 분위기를 좀 누그러뜨려 보고자 하는 의도였을 것이다. 반쯤 농담이었을 텐데 몇몇 사람들의 시선이 모이고 말았다. 나는 얼마 전 수업 시간에 봤던 한 극단의 공연에 대해, 그러니까 그 작은 한국 극단이 소포클레스의 극을 판소리와 창으로 개작하여 해외 연극제에서 상을 받은 일에 대해 주절주절 늘어놓았다. 그래서 뭐가 어쨌다는 건지 끝내는 말을 맺지 못했는데도 P를 포함한 몇 사람이 귀 기울여 듣고 있다가 오, 하는 소리를 냈다. P는 얘 말이 맞아, 하면서 맥주를 조금 마셨다.

오사카 공연 코디했던 아저씨 있죠? 그 아저씨가 그러는데 일본 페스티벌 관계자 몇이 제주에서 영등굿을 보고 그렇게 탐을 냈대요. 연주자랑 관객이 두서없이 섞여 앉는 것도 그렇고 밥이고 떡이고 끝도 없이 나눠 먹는 것도, 세상에 그런 페스티벌은 없다는 거야. 그런 걸 해야 해. 한국 사람들이 오히려 굿을 모르잖아요. 그게 다 독재정권 때

탄압한 문화거든.

　P의 말은 한참 더 이어졌지만 나는 그의 말에 별로 귀 기울이지 못했다. 얘 말이 맞아, 하고 말을 떼면서 내 허벅지에 얹어진 P의 손이 조금도 움직이지 않고 그 자리에 있었다. 내가 빤히 그 손을 내려다보자 P는 자연스럽게 손을 거뒀다.

　그런 식으로 다른 밴드에 대한 음악적 평가와 뒷담화가 얽히고 목소리가 커졌다 작아졌다 하는 동안 모두 취했다. 나도, 맞은편에서 이따금 눈을 맞춰오던 초도 마찬가지였다. 초가 눈꺼풀을 깜박이는 속도가 눈에 띄게 느려졌다. 음악 소리 때문에 초가 앉은 쪽의 대화는 잘 들리지 않았다. 초는 사람들과 함께 담배를 피우러 지상으로 갔다가 돌아오곤 했다. 전에도 술을 마실 때 담배를 피우곤 했기 때문에 나는 그다지 신경 쓰지 않았다. 다만 너무 자주 들락거려, 방금 있었는데, 하고 보면 의자 위엔 그 애의 클러치백만이 놓여 있었고, 이야기를 나누다 다시 고개를 돌리면 어느새 돌아와 머리를 쓸어 넘기고 있었다.

　그래서 초가 돌아오지 않았을 때도 나는 한참이나 눈치

채지 못했다. 먼저 초를 찾은 건 매니저 언니였다. 언니는 내게 몸을 기울인 채 친구 나간 지 얼마나 됐어? 하고 물어왔다. 나는 그제야 초가 보이지 않은 지 좀 되었다는 걸 알아챘다. 내가 멍하니 상황을 살피는 동안 한 40분은 된 것 같은데, 하고 혼잣말하듯 언니가 덧붙였다. 초와 함께 지상을 오가던 사람들은 모두 돌아와 자리를 지키고 있었고, 사라진 건 초와 K뿐이었다. 매니저 언니는 이번엔 P의 귓가에 양 손바닥을 가져다 댔다.

오빠 요즘 좀 불안한데.

조심한다고 한 것이겠지만 언니의 목소리는 내게도 또렷이 들렸다. P는 주위를 잠깐 둘러보다가 휴대폰을 집어들고 일어나 테이블을 등지고 섰다. 그러고는 어디론가 전화를 걸고 리시버에 귀를 기울였다.

그가 첫 번째 통화에 실패하고 곧이어 두 번째로 전화를 걸었을 때 K와 초가 계단으로 내려오는 게 보였다. 초는 비틀거리며 마지막 계단으로 발을 내디뎠고 고개를 들어 나를 보자마자 내 이름을 부르며 웃음을 터뜨렸다. 나는 초가 있는 쪽으로 걸어갔다.

어디 갔었어.

그냥, 오빠랑 아이스크림 사 먹었어.

초가 뒤따라 내려오는 K를 어깨 너머로 돌아보며 말했다. K는 나를 향해 예의 다정한 웃음을 지으면서 우리를 지나쳐 테이블로 걸어갔다.

초는 화장실 쪽으로 나를 끌었다. 소변기와 양변기가 한 곳에 있는 좁고 더러운 화장실이었다. 온통 지린내가 났다. 초가 곧장 바지와 팬티를 내리고 변기에 앉았다. 나는 급히 문고리를 걸었다. 초의 오줌 소리는 끊길 듯 끊기지 않고 이어졌다. 점차 안도로 물들어가는 초의 얼굴을 물끄러미 바라보는 동안 문득 불안이 일었다. 너무 오래, 우리가 알지 못하는 곳에서 자리를 지켰다는 생각이 들었다. 벌써 첫차가 다니기 시작할 무렵이었다. 이제 가자, 하고 말하자 세면대 앞 거울을 들여다보던 초가 젖은 손으로 화장이 번진 눈 아래를 문지르면서 가야겠다, 하고 말했다.

나는 초를 화장실 앞에 세워놓고 테이블로 돌아가 초와 내 가방을 챙겨 들었다. 드러머의 여자 친구가 입 모양으로 가? 하고 물었을 뿐 다른 사람들의 시선은 끌지 않았다. 나는 눈으로 K를 찾았다. 그는 술잔을 들고 무대에 걸터앉은 채 사람들에게 둘러싸여 이야기를 나누고 있었다.

초와 내가 조용히 클럽 입구로 가는 데까지 성공했을 때, P가 다가와 내 등을 가볍게 두드렸다. 초는 계단을 다 올라가기도 전에 담배에 불을 붙이고 지상으로 총총 사라졌다. P는 휴대폰을 내밀었다. 내가 그의 얼굴을 올려다보았다. P는 키가 드물게 컸고 길게 찢어진 눈 때문인지 조금은 속을 알 수 없는 사람처럼 보였다. 그게 나를 약간 긴장하게도, 떨리게도 했다.

혹시 무슨 일 있으면 연락하라고.

무슨 일이요?

나는 P의 전화기를 받아 들면서 좀 웃었다.

네 친구 말이야.

P가 덧붙였다. 나는 그가 이상한 핑계를 댄다고 생각했지만 기분이 나쁘지 않았다. P의 전화기에 내 번호를 찍어 넣었다. 전화를 걸자 주머니 속의 휴대폰이 짧게 울었다. P는 손을 흔들어 보이곤 돌아섰다.

밖으로 나오자 비는 그쳐 있었다. 구석구석 씻겨나간 거리가 맑은 새벽빛 속에 조금씩 드러났다. 편의점 앞 플라스틱 의자에 초가 팔다리를 축 늘어뜨린 채 앉아 있는 것이 보였다. 그 앞으로 초와 다른 사람들이 밤새 피워댔을 담배꽁초가 아무렇게나 널려 있었다.

버스에 올라탈 때까지만 해도 푸른빛이 돌던 하늘은 금
방 밝아졌다. 버스는 도시고속도로 위로 접어들어 속도를
올렸다. 이제 막 하루를 시작한 승객들은 귀에 이어폰을
꽂은 채 잠들었다. 건너편 좌석에 혼자 앉은 초도 눈을 감
고 차창에 머리를 기댄 채 버스의 움직임에 맞춰 가볍게
흔들거렸다. 밤을 새워 술을 마셔본 것은 그때가 처음이었
다. 뭔가 지나친 밤을 보냈다는 생각이 들었지만, 피로와
취기로 생각은 오래 이어지지 않고 자꾸만 단절되었다. 잠
든 초의 얼굴은 아무런 걱정 없는 사람처럼 편안했다.

2

P는 곧 연락을 해왔고 이후로 우리는 몇 번 만났다. 그
는 생태주의를 근간으로 하는 대안 학교에서 십 대를 통
째로 보냈으며 그곳에서 만든 교내 밴드를 지속하면서 홍
대 씬으로 오게 되었다고 했다. 시간이 흐르면서 교내 밴

드의 멤버들은 뒤늦게 입시에 도전하거나 직장에 들어가며 자연스레 흩어졌고 혼자 남겨진 P는 공연장과 술자리를 오가며 만난 K의 권유로 지금의 밴드에 들어왔다. 그는 지난 밴드를 꾸려본 경험으로 이만큼이나마 인지도를 쌓는 것이 얼마나 어려운 일인지 알고 있었고, 그래서 지금의 밴드 활동에 만족한다고 하면서도 자주 다른 멤버 형들이 얼마나 나태한지, 그들의 감각이 구체적으로 어떻게 후진지 설명해보려고 노력하곤 했다.

기타와 미디 레슨으로 버는 돈이 수입의 거의 전부였던 P의 생활양식은 좋게 말하자면 소박하고 검소했지만, 실은 때로 궁색했다. 나는 그의 그런 삶의 태도를 그가 설명해온 대로 석유문명과 신자유주의에 대한 저항 의식으로 이해하고 곧장 받아들였다. 이전에는 한 번도 P 같은 이야기를 하고 P처럼 행동하는 사람을 만난 적이 없었다. 그는 쉽게 내 호의를 샀다.

P는 늘 그가 사는 망원동 인근으로 나를 불러냈다. 일주일에 한두 번 갑작스러운 연락이었다. 평일 오후의 거리는 조용하고 나른했다. 한여름이었다. 아무리 가볍게 옷을 입

고 길을 나서도 시내버스에서 시외버스로, 시외버스에서 다시 마을버스로 갈아타고 낯선 동네를 헤매다 보면 땀에 흠뻑 젖었다. 내가 그의 동네 골목에 도착해 전화를 걸면 P는 버켄스탁 샌들을 끌고 나타났다. 그러곤 제일 먼저 편의점으로 들어갔다. P는 커피머신 아래에 여기저기 칠이 벗겨진 텀블러를 놓고 커피를 받았다. 나는 내 몫의 커피를 사고 싶었지만 그는 태연한 얼굴로 한 잔을 나눠 먹으면 되지 않느냐고 되물었다. 천 원짜리 커피를 사주기가 싫은 것인지 늘 텀블러를 가지고 오는 일을 잊는 내가 플라스틱 컵을 쓰는 게 그의 생태주의적 삶의 양식을 훼손하는 일인지 나는 궁금했지만 그냥 입을 닫는 쪽을 택했다.

그를 만나는 동안엔 그렇게 입을 닫는 일이 많았다. 편의점을 나서며 그가 요즘은 어때, 하고 스몰토크를 시도할 때도 그랬다. 내 생활은 여전히 집과 학교 레슨을 오가는 데 맞춰져 있었고, 그건 그저 늘 같은 일상이었지만 매주 새로운 이야기가 얼마든지 있다는 의미이기도 했다. 학교에선 매일 크고 작은 알력 다툼이 있었고, 지난주까지 늘 레슨실의 최우등생이었던 아이가 집중력을 잃고 배역을 뺏기기도 했다. 누가 누구와 사귀다 헤어졌고, 그런데 이미 다른 누구를 만나고 있었고, 어떤 커플은 시내 코인 노래방에서 떡을 치다 목격되었다. 하지만 P 앞에서 그런 이야기를 할 수는 없었다. 그건 고등학생의 세계였다. 가끔 나를 보며 넌 진짜 어른스러워. 말도 안 돼, 말하며 고개를 젓는 P를 실망시키기 싫었다. 언젠가 학교 얘기를 들려주었을 때 P가 농담처럼 너는 진짜 전형적인 K—부르주아의 세계에 사는구나, 하고 말했던 것이 기억에 남아 있기 때문이기도 했다. 그의 말을 정확하게 이해하지는 못했지만 나는 어쩐지 부끄러워지고 말았다.

우리는 한 잔의 커피를 들고 근처의 어린이공원으로 갔다. 벤치 주변으로는 나무가 몇 그루 심어져 있었다. 뿌리둘레로 깔린 보도블록 때문인지 나무들은 그다지 크게 자라지 못했고, 한여름의 땡볕을 막아줄 만큼 그늘이 넓지도 않았다. 그 아래서 P의 텀블러에 담긴 뜨거운 커피를 마시다 보면 도리어 갈증이 밀려왔다.

그때 그 친구는 잘 지내?

대화가 끊길 때 P는 이따금 초의 이야기를 꺼냈다.

초는 한동안 할머니 집에 가 있었다. 학교 레슨에 나오지 않은 지도 보름이 되었다. 언제 와? 하는 문자에 초는 할머니가 좀 아프셔, 하고 답을 보내왔다. 스물세 평의 집은 얼결에 내 차지가 되었다. 나는 호젓하다가도 자주 외로웠다. 다른 룸메이트들과 초가 남겨둔 물건들을 만져보거나 그 애들의 침대에 누워 시간을 보냈다. 초에게 연락을 하고 싶을 때도 있었다. 예컨대 P에 대해서 생각할 때. 내가 누군가에게 P를 만나고 있다고 말한다면 그건 다름 아닌 초일 터였다. 하지만 나는 할머니를 돌봐야 하는 고등학생에 대해서 아는 게 없었고 무례를 범할까 봐 겁이 났다. 동시에 초와 연락이 뜸해진 것이 나의 그런 소극적인 태도 때문일까 봐 걱정하기도 했다. 가볍게, 아주 일상적으로 연락하는 거야, 마음만 거듭 먹어보는 날들이었다.

내가 그런 생각을 하는 동안 P는 내게 이어폰을 한쪽 건네고 나머지 한쪽은 자기 귀에 꽂았다. 그러고는 유튜브로 음악을 재생시켰다. 그가 틀어주는 음악은 모두 해외 밴드 뮤직이었고, 대개가 80 · 90년대 일본 밴드들이 만든 시티팝이었다. 도시에 대한 동경과 청량한 청춘의 감상이 담뿍 담긴 전자악기 리듬을 듣고 있자면 가본 적도 없는 버블세대의 일본이 그리워지는 것 같기도 했다. 그리고 곧 옅은 현기증이 몰려왔다. 느리게 흘러가는 구름, 이어폰을

끼지 않은 한쪽 귀에 들려오는 매미 소리, 휴대폰을 나와
자신 사이에 치켜든 채 계속해서 몸을 밀착해오는 P. 곡이
빠르면 빠른 대로 신진대사가 가빠졌고, 느리면 느린 대로
어지러웠다. 나는 음악에 집중하는 대신 내가 겪은 지난
여름날을 되짚어보았다. 정말 더웠나, 이렇게 더웠나. 이
정도면 평년기온이라고 할 수 있는 걸까. 고민해보아도 알
수 없었다. 내게 있는 표본이 충분한 것인지, 열여덟은 올
해 계절이 이렇다 저렇다 평가할 수 있는 나이인지…….

　P는 늘 이렇게 데이트를 했을까? 나는 그게 무척 궁금
했다. P처럼 뭔가 음악 같은 것을 하는 사람들은 아이들도
너무 더워 집에 숨은 한낮의 공원에 앉아 있는 걸까. 나는
내 몸이 보내는 신호를 적극적으로 의심했다. 앉은 자리에
서 피아노학원이 있는 건물에 작은 카페가 있는 게 보였
다. 나는 저기로 가고 싶다는 말을 하는 대신 겨우, 너무
더워, 하고 혼잣말을 하듯 내뱉었다. P는 무심하게 발끝으
로 흙을 파 뒤집었다.

　사람들은 너무 계절로부터 멀어져서 사는 데 익숙해졌
어.

　P는 살짝 땀이 배어난 팔을 쓰다듬으며 자신은 땀을 흘

리는 게 조금도 싫지 않다고 했다.

네가 DGBD에 가봤어야 하는데.

그는 문득 정말 아쉽다는 듯이 목소리를 높였다. 나도 DGBD에 대해서라면 알고 있었다. DGBD는 씬을 일군 1세대 클럽이라는 점뿐만 아니라 열기가 빠지지 않는 구조로도 유명했다. 지하로 깊숙이 난 공연장에 환기 시설이 없었던 데다 주로 펑크 공연을 연 탓에 관객들이 이리저리 몸을 던지며 슬램을 하는 열기가 한겨울에도 가득했다. 땀이 뻘뻘 난 몸에 다시 외투를 걸쳐 입고 밖에서 오들오들 떨며 담배를 한 대 피우는 것, 그것이 P가 내 나이였을 무렵을 상징하는 장면이라고 했다.

그래도 땀을 흘리면 찐득찐득하고 싫잖아.

마음의 문제야.

P는 이번엔 내 팔뚝에 맺힌 땀을 장난스럽게 손가락으로 훑었다. 나도 모르게 비실 웃음이 흘렀다. P의 생태주의 학교에는 운동장 대신 텃밭이 있었고, 거기서 그들은 온종일 땀을 흘리며 노동을 몸으로 익혔다고 했다. 나는 입시에 매달리는 대신 배추며 가지 같은 것들을 종일 가꾸는 젊은 날의 P를 떠올려보았고, 그건 역시 어딘가 멋지

게 들렸다. 누가 시키지 않아도 세미나를 열어 반핵과 에 너지 문제에 대해 토론하기도 했다고 했다. 어떻게……. 내게는 프랑스의 교육정책만큼이나 멀게 느껴지는 이야기였다. 나는 또 그에게 설득되고 말았다. P는 말을 잘하는 남자였다. 맞아. 그때그때 날씨를 즐기는 삶이 건강한 걸지도 모르지. 나는 P의 건강하게 그을린 목덜미를 보면서 고개를 끄덕였다.

그러니까 이제 와 그때 내가 P를 좋아하지 않았다고 말하는 것은 위선일지 모른다. 나는 처음 공연을 보러 간 날 무대 위에서 노래하던 프런트 맨 P를 기억했고, 그 밴드의 히트곡을 떼창하던 사람들을 기억했고, 그런 P가 내게 연락을 해온다는 사실이, 또 어디에서도 들어보지 못한 이야기를 들려준다는 것이 기뻤다. 설레고 조바심이 났지만 그럴수록 나는 차분하고 어른스럽게 행동하고 싶었다. 그리고 내게는 P가 그렇게 보였다. 그는 여유가 있었고 자기 주관에 따라 행동했다. 이해되지 않는 점이 있어도 우선 P를 따라보는 것이 최선이었다. 그건 내가 그 여름 가장 잘해보고 싶은 일이기도 했다.

내가 다시 말수가 줄고 대답이 느려질 때쯤 P는 못 이기는 척 나를 데리고 일어났다. 나는 완전히 지쳐서 그의 뒤꿈치를 바라보면서 걸었다. P의 집은 공원 바로 맞은편이었다. 그는 지갑 체인에 매달아둔 열쇠로 대문을 열었다. 그 2층짜리 주택엔 좁은 마당이 딸려 있었는데, 전혀 관리가 되지 않아서 사람들이 걸어 다니는 길을 빼곤 온통 잡초가 무성했다. 화단에는 무엇인지 알아보기 어려울 정도로 비쩍 마른 식물들이 뒤엉켜 있었다. 주택을 돌아 뒤쪽으로 걸어가면 지하로 다섯 칸쯤 계단이 보였다. P의 방은 그 아래였다. 불투명한 유리가 끼워진 문을 열자 P의 작은 방이 한눈에 들어왔다. 정면의 책상엔 맥북과 로직 머신이 놓여 있었고, 왼쪽으론 P가 레슨을 하고 잠을 자는 소파 베드와 두 단짜리 행거 하나가, 오른쪽으론 화장실과 자그마한 싱크대가 있었다. 그리고 오래된 벽걸이 에어컨, 에어컨이 있었다.

　처음 켜질 때 좀 쿨럭대는 소리를 내기는 했지만 냉기는 좁은 방에 퍼지기에 충분했다. P는 주전자에 수돗물을 받아 물을 끓이고 찬장에서 둥그렇게 굳힌 보이차를 꺼내

부수었다. 나는 P의 소파 베드에 엉덩이를 살짝 걸치고 앉아 그의 뒷모습을 지켜보았다. P는 작은 찻주전자에 보이차를 담아 접이식 테이블 위에 얹고 소파 쪽으로 가져왔다. 우리는 한동안 말없이 그것을 마셨다.

그런 만남이 반복되면서 P가 문득 볼에 입을 맞추거나 옷 위로 가슴을 쓰다듬거나 하는 일에 차차 무감해졌다. 방 안에서 P는 어쩐지 말이 줄었고, 그러다 문득 영화를 보자고 했고, 소파 베드에 나란히 앉아 노트북을 들여다보고 있을 때면 돌연 몸을 붙여왔다. 처음엔 갑자기 자세를 바꾸는 것처럼 조금 내 쪽으로 기대거나 소파 헤드에 얹었던 손을 아래로 내려 내 어깨를 감싸 안았다. 문득 무릎에 눕거나 팔짱을 껴오기도 했다. 그때마다 나는 놀랐고, P를 밀어내기보다는 그의 손이 더 넘어오지 않게 하는 데에 신경을 기울여야 했다. 긴장감이 한참이나 이어진 끝에 P는 갑자기 자리에서 일어나 화장실에 다녀오거나 신경질적으로 노트북 키보드를 눌러 영화를 정지시켰다. 그러고 나면 데이트는 끝이었다. P는 내게 가달라고 말하는 대신 휴대폰을 들여다보며 약속이 생겼다고 했다.

집에 돌아오는 길은 훨씬 더 멀게 느껴졌다. 서울로 향하던 한낮과는 달리 퇴근 시간이 막 지난 버스는 만원이었다. P는 오늘 고마워, 하는 내 문자에 답하지 않았다. 나는 버스에 자리가 나기를 고대하면서, P와 내가 하고 있는 이 일에 이름을 붙여보고 싶은 충동에 휩싸였다. 처음에 P가 나를 만나고 싶어 했을 때 나는 우리가 곧 연인이 될 거라고 낙관했다. 그다음엔 우리가 과정을 거치고 있는 거라고 생각했다. 하지만 지금은 불안했다. 그러고 보면 언제나 그랬다. 만나자는 제안을 하는 쪽은 늘 P였고, 그는 내가 보낸 문자에 한나절이 지난 뒤에나 답장을 보내오곤 했다. 아예 며칠이고 답장을 하지 않다가 오늘 올 수 있어? 거두절미하고 묻기도 했다. 나는 그런 시그널을 그러모아 상황을 해석해보려고 했다. 내가 본 영화들, 읽어온 희곡들, 그리고 온라인에 떠돌아다니는 연애에 대한 온갖 자료들도 떠올려보았다. 그것들은 모두 이 관계의 위험성을 꽤나 경고하고 있는 것 같았다. 하지만 눈앞에서 일어나고 있는 일에 대해서라면 변수가 너무 많았다. P는 평범하지 않은 사람이었다. 예술가였고, 가난뱅이였고, 석유문명사회를 거부하는 사람이었고……. 나는 왜 그동안 연애를 해보지 못했을까 자책하다가도 역시 나는 좀 더 어른스럽고 확고한 신념을 가진 남자를 기다려왔던 거라고 생각하며 문득 만족스러웠다. 나아진 기분을 이어가기 위해 나는 이어폰을 꽂았다. 그리고 밴드의 최신 앨범에서 P가 작사했다는 음악을 재생했다. P가 혼자 먹을 밥을 짓는 일의 쓸쓸함에 대해 노래하고 있었다. 나는 반복 재생 버튼을 누르고 집에 갈 때까지 P의 목소리를 들었다.

집 앞에 도착해선 건물을 올려다보았다. 그 시간 불이 꺼진 호는 우리 집뿐이었다. 대부분 가족 단위로 이루어진 빌라의 주민들은 저녁을 차려 먹고 샤워를 하고 나와 브이제이 특공대를 보고 있을 터였다. 그러지 않기 위해서 무척이나 노력했지만, 현관문을 여는 순간은 언제나 쓸쓸했다. 신발장에 발을 디디는 순간 쨍, 하고 머리 위에서 핀 조명처럼 센서 등이 켜졌고 나의 슬픔은 한층 더 연극적이 되곤 했다.

*

여름 특강으로 열린 〈희곡과 인물의 이해〉에서는 입시

지정 작품으로 자주 선정되는 고루한 희곡을 강독하는 수업이 이어졌다. 「십이야」, 「갈매기」, 「벚꽃 동산」, 「우리 동네」, 「로미오와 줄리엣」, 그리고 이강백의 작품들이 커리큘럼에 올랐다. 수업을 진행하는 동안 강사는 아이들의 졸음과 무기력을 덜어내기 위해 돌아가면서 대사를 읽게 했고, 그렇지 않아도 낯선 작품의 인물과 갈등이 한눈에 들어오지 않는 와중에 모두 엉망진창 되는대로 연기를 해서 집중력은 더 떨어져갔다. 강사의 설명을 들어가며 극을 다 읽는 데는 두세 시간이 걸렸다. 아이들은 넓은 레슨실 곳곳에 등을 기대고 주저앉은 채 자기 차례가 올 때까지 졸거나 벽면의 거울을 힐끔거리며 시간을 보냈다. 나는 그 수업의 젊은 강사가 무척 애를 쓴다고 생각했고 그래서 다른 학생들보다는 조금 더 열심히 수업에 참여하려고 노력했다. 하지만 점심시간 직후의 수업은 역시 견디기 힘들었다.

그날 제육덮밥을 먹고 돌아와서 우리는 테네시 윌리엄스의 『여름과 연기』를 읽었다. 그나마 등장인물이 많지 않고 갈등 역시도 단순한 작품이었다. 나는 여느 때보다 좀 집중해서 대본을 따라갔다. 의사 집안의 존과 청교도적 신넘을 가진 고아 엘마는 서로 사랑하지만 가치관의 대립으로 갈등을 겪고 어쩌고저쩌고하다가 엘마가 갑자기 정조를 버리고 관능적인 여성이 된다는 이야기였다. 테네시가 쓴 『욕망이라는 이름의 전차』와도 별반 다를 것 없는 이야기였다. 엘마가 너무 빨리 변했기 때문에, 나는 몇 번인가 내가 놓친 부분이 있는지를 확인했고, 그렇지 않다는 것을 깨닫고 나선 갑자기 흥미를 잃었다. 영원 같은 지루한 시간이 흘러갔다. 존은 엘마에게 성욕이 얼마나 자연스러운 현상인지 역설하다가—나는 이 부분을 읽은 남자애가 너무나 큰 소리로 또 손짓을 곁들여 느끼하게 연기했기 때문에 깜짝 놀랐다. "가끔 나는 병원에 붙어 있는 해부도를 당신에게 보여주고 싶소. 이 위에 있는 부분은 두뇌! 진실을 갈구하죠. 중간에 있는 부분은 위! 음식을 갈구하죠. 그리고 이 아래에 있는 부분은 성기! 사랑을…… (그리고 긴 공백) 갈구하죠."—엘마가 적극적으로 변하자마자 갑자기 예전의 모습을 찾으라고 충고하며 다른 여자를 찾아 떠났다. 옛날 작품들은 왜 이렇게 황당한지 알다가도 알 수 없었다. 마지막 장면이 끝나자 강사는 어딘가 감격한 얼굴로 테네시 윌리엄스가 상업적으로도 예술적으로도 성공한 드문 극작가라고 상찬했다.

그때 이미 아이들 절반은 졸고 있었다. 3시에 끝났어야 했을 수업이 벌써 40분이나 더 진행 중이었다. 강사는 휴대폰을 꺼내 시간을 확인하더니, 엘마를 연기하기 위해서는 순수하고 고결한 태도와 관능을 모두 이해할 줄 알아야 한다고 말했다. 열병에 걸린 엘마가 존을 찾아가 청진기를 든 존의 손을 슬며시 잡으며 생각이 바뀌었어요, 말하는 부분을 연기한 애를 집어 "너는 남자 친구 자주 바뀐다던데 그걸 야하게 못 하니?" 하고 지적했고, 사실 모든 배역을 소화하기 위해서는 그 두 가지, 그러니까 고결한 태도와 관능이 핵심이라고 덧붙였다. 그러고는 급하게 자리를 떴다.

그날 저녁 나는 초에게 연락했다. 거실에 앉아서 웹툰이며 연예 뉴스를 되는대로 훑어보다가 문득 용기를 내 전화 버튼을 눌렀는데 초가 금방 전화를 받았다. 초는 집에 큰일이 있는 건 아니라고 했다. 시골 고모네 계시던 할머니가 돌아오셨는데 바깥 거동이 힘들 때가 있고 또 한 주에 한 번 정도는 갑자기 헛소리를 하시기도 한다고, 간병

인을 붙이거나 할 정도는 아니기도 하고 그냥 할머니 곁에서 좀 쉴 겸 자기가 와 있는 거라고 말했다. 내가 그래도 힘들겠다, 하자 초는 할머니가 매 끼니 밥도 다 차려주셔, 하고 받았다. 초의 목소리가 생각했던 것보다는 밝았고 또 그 애의 뒤쪽에서 들리는 텔레비전 소리가 어딘가 포근하게 느껴지기도 해서 좀 마음이 놓였다. 나는 요즘 학교에 떠도는 몇 가지 이야기를 초에게 들려주었다. 특히 우리가 싫어하는 애들에 대해서. 초는 열심히 들었다. 그 애가 뭘 씹으며 대답하느라 웅얼웅얼 발음이 뭉개지더니 샤샥 뭔가를 베어 무는 소리가 났다.

수박 먹지.

응.

나도 먹고 싶다.

이마트 가서 하나 사와.

수박을 혼자 어떻게 먹어.

내가 나중에 집 갈 때 하나 사 갈게.

초는 보란 듯이 더 큰 소리를 내며 수박을 먹었다. 그 소리를 듣는 동안 나는 초가 부러 무심한 표정을 지으면서 누군가를 놀리는 얼굴을 생생하게 떠올렸다. 초가 곁에 있는 것 같았다.

P의 이야기를 늘어놓기 시작한 것은 그래서였을 것이다. 나는 정리되지 않은 내 생각만큼이나 횡설수설했다. P가 자주 집으로 나를 들여 스킨십을 하는 이야기를 하다가, 그게 이상하게 들린다는 것을 깨닫고는 갑자기 그가 내게 했던 다정한 말들을 들려주며 P를 변호했다. 초는 한참 대답 없이 들었고, 나라면 안 만나, 하고 말했다. 초의 말투가 너무 단호했기 때문에 나는 더 묻지 못하고 그냥 좀 그렇지? 하고 그 애의 의견에 동의했다. 대화를 다른 데로 돌려보려고 했지만 이미 어색해진 분위기를 다 풀지는 못했다. 초는 수박을 많이 먹어서 오줌이 마렵다면서 전화를 끊었다.

*

다음 만남에서 P는 나를 하와이안 레스토랑에 데려갔다. 아는 형이 새로 인수한 곳이라고 했고 어차피 한번 팔아주러 가야 했다고, P는 변명하듯 덧붙였다.

주택을 개조해서 만든 그 레스토랑은 하와이를 떠올리

게 하는 온갖 것들, 그러니까 거대한 인조 야자수, 파인애플 모양의 미니 전구들, 빈티지 스팸 광고 포스터와 색색의 서프보드 같은 것으로 가득했다. 인조 잔디가 깔린 야외 테이블마다 무지개무늬 파라솔이 펼쳐져 있었고 이미 조금씩 제 빛깔을 잃은 그것들은 볕 아래서 무기력하게 탈색되어가는 중이었다. 그 모든 것 위로 가벼운 장조의 하와이안 뮤직이 내려앉고 있었다.

불편한 플라스틱 테이블에서 랍스터 파스타와 파인애플 볶음밥을 먹는 동안 사장이라는 남자가 주방에서 나와 P와 나의 테이블에 합석했다. 그 남자 역시도 꽃이 그려진 하와이안셔츠를 입고 있었다. 그들은 내가 모르는 지인들의 이야기를 오래 나눴다. 남자는 나인지 P인지를 향해서 여자 친구? 하고 물었고 P는 놀림을 당한 초등학생처럼 고개를 막 저으며 아 형 그런 거 아니에요, 답했다. 사장은 나를 흘끔 보고 다시 P 쪽으로 고개를 돌렸다. 둘의 이야기가 이어지는 동안 나는 서비스 메뉴로 나온 스테이크를 죄다 썰고 샐러드를 P와 내 앞 접시에 덜며 분주하게 굴었다.

P가 계산을 마칠 때까지도 우리는 별로 이야기를 나누

지 못했다. 사장은 음룟값을 빼주면서 또 놀러 오라는 말을 덧붙였고, 나를 향해서도 시선을 던지며 여자 친구도 또 데려와, 했다. P는 나를 슬쩍 돌아보곤 이렇게 말했다.

형 얘 어려요. 진짜 어려요.

그러고는 실실 웃었다. 사장은 그래? 좋겠네, 말하더니 뒤돌아서 카운터 안쪽으로 들어가 버렸다.

P는 그날따라 기분이 좋았다. 평소와는 달리 내 보폭에 맞춰 느리게 걸으면서 여기 예쁘지 않냐, 중얼중얼 떠들어 댔다. P와 함께 홍대를 걸어 다니고 뭔가를 먹으러 간 것은 그때가 처음이었다. 그 동네는 온통 P가 아는 사람투성이였다. 함께 걷다 보면 얼마든지 그의 지인들을 더 만날 수도 있었다. 나는 그게 좋은 신호라고 생각했다. P가 기대하고 있던 영화가 개봉해 아트시네마에도 함께 가기로 되어 있었다. 이것을 제대로 된 첫 데이트라고 불러도 좋을까. 그래도 될까. 나는 P의 얼굴을 자주 흘끔거렸다.

이화여대의 ECC 건물에서 본 영화는 마이클 무어의 것이었다. 둘러보면 모든 관객의 이목구비를 한눈에 알아볼 수 있을 만큼 상영관은 아주 좁았고 의자가 딱딱했다. 나는 후에 그것이 「캡틴 마이크 어크로스 아메리카」였는지,

「식코」였는지 오랫동안 헷갈렸다. 지금은 「캡틴 마이크 어크로스 아메리카」였을 거라고 생각하고 있지만, 두 영화가 같은 해에 개봉했기 때문에 확신은 없다. 그런 종류의 다큐멘터리영화를 보는 것은 처음이었고 상영이 끝난 후에 P가 질문을 할까 봐 나는 좀 긴장해 있었는데도 어쩐지 그렇다. 심각한 얼굴로 영화에 골몰해 있던 P는 그러나 아무런 질문도 하지 않았다.

영화를 보고 나와서 우리는 다시 한 시간을 걸어 그의 동네로 돌아갔다. 이미 늦은 시간이었지만 P는 친구가 여행에서 돌아오며 면세점에서 사다 준 위스키가 있다고, 그걸 한두 잔쯤 나눠 마시면 좋을 것이라고 했다. 그 후엔 시외버스를 탈 수 있는 곳까지 데려다주겠다고 했다. 그의 동네 어귀로 들어섰을 때 P는 슬며시 손을 잡아왔다.

너무 예쁘네요, 정말.

P는 왠지 존댓말을 써가며 그렇게 말했다. 그러고는 내 손을 잡아끌었다. 그의 보폭이 다시 빨라졌다.

위스키를 마신 것은 그의 집에 들어가고 한참이 지나서의 일이다. P는 홑이불로 몸을 가린 나를 내버려두고 아무렇지 않게 팬티를 찾아 발을 꿰었다. 그러곤 주방으로 가서 위스키를 따랐다. 그가 내 위에 있는 동안 나는 아무생각도 할 수 없었다. 쾌라든가 불쾌라든가 하는 것도 알기 힘들었다. 너무 강렬한 신체의 감각이 나를 사로잡았다. 성기 같은 게 몸에 들어왔기 때문은 아니었다. 내 몸이 구석구석 만져지고, 그의 몸과 밀착되는 동안 나는 P가 얼마나 낯선 사람인지를 실감했다. 무엇보다 그의 땀. 이제막 나기 시작하는 새 땀과 종일 거리에서 흘린 땀이 섞여들어 내 몸으로 스미고 있었다. 나는 사람의 냄새가 서로얼마나 다른지를 생생하게 실감했다. P는 정자세로 성교하다 말고 내 옆구리를 툭툭 쳤고, 내가 그의 눈을 노려보는 동안 아 왜 이래. 고등학생처럼, 하고 말했다. 나는 고등학생인데? 하고 답했고 P는 대답 없이 하던 일에 다시열중하기 시작했다.

P는 소파 테이블에 내 몫의 위스키 잔을 놓고 자기 글라스를 한 번에 비웠다. 그러고는 샤워를 하러 욕실로 들어갔다. 나는 잔을 들어 입으로 가져갔다. 식도가 타는 듯한느낌의 음료였다. 위스키 역시 내겐 처음이었다. 나는 P의방을 생경하게 바라보았다. 테이블 위에 P가 정액을 닦아

낸 휴지 조각이 놓여 있었다. 나는 그것을 집어 들고 싱크
대 옆면에 걸린 종량제 봉투에 집어넣었다. 그리고 천천히
옷을 꿰입었다. P는 샤워를 마치고 나와 다시 한번 위스키
를, 이번에는 잔에 가득 담았다.

　그날 밤 나는 P의 작은 소파 베드에서, P는 바닥에 요를
깔고 잠들었다. P를 따라 위스키를 좀 더 마셨는데도 잠은
잘 오지 않았다. 그는 등을 둥글게 말고 이불을 모아 다리
사이에 끼운 채 코를 골았다.

*

　이후로도 나는 P를 만났다. 나는 더 이상 그 밴드의 공
연에 갈 때 돈을 내지 않았다. 공연장에 도착해 전화를 하
면 P가 마중을 나왔다. 때론 게스트 북이라 불리는 목록
에 미리 이름을 올려두기도 했다. 초와 공연을 보러 갔던
날 멤버들과 앉아 있던 다른 여자들처럼, 나는 이제 유료
관객이 아니었다. 매니저 언니 역시 그것에 대해 궁금해
하거나 묻지 않았다. 다만 어쩌다 공연장을 찾은 P의 지
인들이나 다른 밴드의 멤버들이, 넌 진짜 어린 것 같은데?

몇 살인지 물어봐도 돼? 하고 말을 건넸을 뿐이다. 나는 점점 더 무표정한 얼굴로 스무 살인데요, 답할 수 있게 되었다. P나 다른 멤버들의 게스트들과도 점점 안면을 익혀나갔다.

하지만 다른 멤버들의 여자 친구들, 그러니까 '진짜' 여자 친구들과는 섞일 수 없었다. 그들은 그들끼리만 이야기를 주고받았다. 그건 노골적인 고등학생의 따돌림과는 달랐다. 모여 서 있다가도 내가 다가가면 스르르 흩어지거나, 말을 걸어올 때도 언제나 약간 날이 선 듯—"내일 학교 가야 하지 않아? 요즘은 다른가. 난 졸업한 지 너무 오래되어서."부터 (눈썹을 약간 들썩이며) "P가 잘해줘?"까지—했다. P는 틈틈이 나를 챙기기는 했지만 누구에게도 나를 여자 친구로 소개하지는 않았다. P의 곁에 있기 위해서 외면해야 하는 수많은 불가해한 감정 중 하나였다.

그와의 만남은 늘 비슷하게 이어졌다. P는 여전히 내 연락에는 잘 답하지 않았고, 내킬 때 문득 전화를 걸어왔다. 연락이 잘 안 될수록 그에게 신경이 쏠렸던 나는 수치심을 느끼면서도 먼 길을 달려갔다. 가끔 섹스를 하고 나서도 오랫동안 그의 소파에서 함께 영화를 볼 때가 있었다.

하지만 P는 이내, 자기도 가기 싫지만 꼭 얼굴을 비춰야 하는 공연이 있다, 중요한 미팅이 있다, 하는 핑계를 대며 자리에서 일어났다. 한번은 P가 택시를 타고 우리 집에 왔다. 전화를 받고 나가 보니 그는 택시비를 제대로 지불하지도 못할 만큼 인사불성이었다. 어떻게든 그를 달래 집으로 데리고 올라왔다. P는 물 한 잔을 겨우 마시곤 내 침대에서 잠이 들었다. 나는 그가 나를 보러 온 게 믿기지 않아서 잠들지 못하고 오래 맴돌았다. 새벽녘 잠에서 깬 건 벽을 향해 모로 자던 내 몸으로 들어온 그의 성기 때문이었다. 잠결에 나는 눈물이 났다. 뭐가 서러운지도 모르면서. 등 뒤의 P가 알아채지 못하게 조용히 눈물을 닦아냈다. P는 다시 잠든 나를 두고 택시를 불러 집을 떠났다.

어느 저녁 긴 구글링 끝에 나는 그루피라는 단어를 찾아냈다. 지난여름 내내 내가 정체를 밝혀보기 위해 노력했던 P와 나의 관계가 그 단어 안에 명확하게 정리되어 있었다. 내가 본 건 그루피라는 단어에 대한 정의가 아니라, 홍대 씬에서 그루피를 보는 일이 얼마나 불쾌한지에 대한 개인적인 소회를 적은 포스트였음에도 나는 곧장 그 의미를 알아챌 수 있었다. 그곳에서 사람들이 나를 보는 미심

쩍은 눈빛과 P가 나를 대하는 태도에서 지겹도록 체화해 온 것이기 때문이었다. 내가 아는 모든 것을 그러모아도 설명되지 않던 한 시절이 그 단어의 발견과 함께 빠르게 무너져 내렸다. 그날에 나는 울지 않았다. 문득문득 눈물이 난 것은 그 후로 며칠이 지난 어느 날, 또 몇 달이 지난 밤들이었다. 문자에 답을 하지 않자 P는 이내 뜸해지더니 다시는 전화하지 않았다.

우리가 만나는 동안 P는 콘돔을 사용하지 않았다. 몇 번인가 더 섹스를 한 뒤 슬며시 그 이야기를 꺼냈을 때, 그는 한 번도 콘돔을 사용해본 적이 없다고 말했다. 그의 친구들 역시도 그렇게 해왔고 아무런 문제도 없다고 덧붙였다. 그러고는 신재생 소재의 콘돔과 포장재의 필요성에 대해 불필요하게 긴 이야기를 늘어놓았다. 그사이 내 24인치 캐리어—집에서 온전한 내 공간은 그것뿐이었다—에는 임신테스트기가 늘어갔다. 첫 관계 이후 생리가 하루만 늦어져도 아침저녁으로 테스트기를 사러 다녔다. 길쭉한 그것의 몸체는 물론 플라스틱이었다.

3

　초는 방학이 끝날 무렵 집에 들렀다. 그날 초의 아버지를 처음으로 봤다. 아버지가 큰 짐들을 차로 옮기는 동안 초는 방바닥에 무릎을 꿇고 앉아 자잘한 것들을 상자에 챙겨 넣었다. 나는 주방에서 초의 머그컵과 그릇들을 찾아 가져다주었다. 그러고는 다른 룸메이트들과 현관에 나란히 서서 초를 배웅했다. 초는 웃으면서 인사를 했지만, 나에게도, 다른 룸메이트들에게도 눈을 맞춰주진 않았다. 큰 상자를 들고 계단에 서 있던 초의 아버지가 재촉했다.

　초가 전학을 간 뒤 교실 안에서 초에 대한 평가는 훨씬 더 냉혹해졌다. 초와 가끔 점심을 먹거나 매점에 가곤 하던 아이들조차 초를 언제나 예민하게 굴면서 주변 사람들을 불편하게 만드는 침울한 캐릭터로 묘사했다. 그 시절의 초가 건강했다고 말할 수는 없겠지만, 나는 쓸데없는 일에도 곧잘 웃음을 터뜨리거나 여럿 앞에서 자신 있게 농담을 던지던 초를 기억했다. 시간이 지나자 룸메이트들 역시 초가 자신에게 실수했던 아주 사소한 에피소드를 들먹이며 그 애를 미워하기 시작했다. 초의 침대는 다른 아이로 빠르게 채워졌다. 초가 늘 침대맡에 두고 아침마다 얼굴을 확인하던 헬로키티 탁상 거울만이 그대로 남아 있었다. 어쩌면 아이들은 서운해하고 있는지도 몰랐다. 내가 그랬던 것처럼. 그 시절의 우리는 자기감정을 정확하게 짚어내지 못했다.

초가 그렇게 떠난 것은 일말의 자존심이었을 거라고 지금은 생각한다. 나는 초가 떠난 이유를 정확히 알지 못한다. 룸메이트들과 다 함께 패밀리 레스토랑에 가기로 했던 어느 주말 초가 어색하게 체했다고 거짓말했던 일이나 매번 편의점에서 제일 싼 생리대를 골랐던 모습으로 그 애의 사정이 내가 알던 것보다 좀 더 나빴을지 모른다고 생각할 뿐이다. 가끔은 문득 초를 떠올렸고 그때 내가 조금 더 손을 뻗었어야 했다고, 그 애의 곁에 있어줘야 했다고 자책했다. 시간이 더 흐르고 나서는 내가 뭘 할 수 있었겠느냐 단념하는 쪽으로 생각이 기울었다. 나 역시 엄마가 운전하는 외제차를 타고 등교하는 애들을 못 견디게 부러워하는 못사는 집 애였고, 어딘가 나사가 빠져선 자주 잠못 이루던 열여덟이었다.

그 시절을 떠올리더라도 더 이상 초에 대해 미안함을 느끼지 않게 되었을 무렵, 그러니까 대학에서의 네 번째 학기가 시작되던 날 초는 갑자기 내 앞에 나타났다. 모두가 꼭 참석해야 하는 개강 총회 자리였고, 지루한 식순에 따라 신입생들의 자기소개에 이어 편입생 소개가 시작되었을 때였다. 연기과에는 편입생이 드물지 않았지만 학년별로 엄격하게 위계를 지키던 과 내에서 재수생은 늘 골치 아픈 깍두기 신세였다. 동기들 역시 신입생 자기소개를 들을 때와는 달리 집중력을 잃고 술을 나눠 따르거나 휴대폰을 들여다보거나 하며 딴청을 피웠다. 나 역시 실컷 낮잠을 자던 방학을 그리워하며 입을 가리고 몰래 하품했다. 그런데 다른 학교 연기과나 영화과가 아닌 통계학과에서 편입을 왔다고 자기를 소개하는 애가 있었다. 반사적으로 고개를 들어 보니 의구심에 찬 시선들을 받아내고 있는 키 큰 여자애가 보였다. 그게 초였다. 연기과 전체가 들어갈 수 있는 커다란 호프집이었고, 편입생 테이블은 내가 앉은 곳의 정반대 쪽이었지만 그 순간 나는 우리가 서로를 알아봤다는 것을 알 수 있었다.

다음 날엔 초와 내가 몇 가지 전공수업을 같이 듣는다

는 것을 알게 되었다. 초는 시간을 내서 1, 2학년 전공필수 과목을 따로 이수해야 했지만, 다른 학교에서 3학기를 마치고 온 덕에 나와 학년은 같았다. 나는 부러 동기들에게 초가 예고 출신임을 흘렸다. 아이들이 통계학과에서 온 초를 만만히 보는 게 싫었기 때문이다. 그다지 효과가 있었던 것 같지는 않지만 말이다. 트레이닝복을 입고 뮤지컬 실습에 들어온 초는 한눈에 보기에도 긴장해 있었다. 그 애는 축 늘어뜨린 한쪽 팔을 다른 쪽 팔로 감싸 쥐고 구부정하게 몸을 웅크렸다. 첫 수업에서 우리는 그 학기 내내 연습해 종강 무렵 공연할 「위키드」의 넘버를 반복해 듣고 가사와 대사를 익혔다. 나는 합창 속에서 초의 목소리를 찾아보려고 귀를 기울였다. 학년과 성별로 나눠 서고, 교수의 지도에 따라 팀을 짜기 시작했을 때 나는 초를 우리 팀으로 데려왔다. 대학에 와서 사귄 가장 친한 친구 둘이 그것을 눈감아주었다. 초가 하이, 하고 속삭여 인사했다.

기말고사 대체 공연을 위해 매일이 야작이었다. 뮤지컬 실습 외에도 거의 모든 전공과목에 실기 평가가 있었다. 초와는 스케줄에 따라 일주일에 두세 번 연습을 같이했고,

자정이 넘은 시간 동기생끼리 모인 술자리에서도 여러 번 마주쳤다. 어느새 나도 담배를 피우게 되었기 때문에, 초와 나는 자주 둘이서 바깥으로 나가 공기를 쐬었다. 담배가 한 대 타들어가는 짧은 시간 동안 주로는 내가 초에게 무언가를 묻고 초가 이야기를 들려주었다. 작년에 그 애의 할머니가 돌아가신 얘기. 통계학과의 재미없는 수업 얘기. 거기에서 만나 2년째 사귀고 있다는 남자 친구 이야기. 티셔츠 차림에서 얇은 카디건으로, 카디건에서 코트로, 또 코트에서 패딩으로 우리가 옷차림을 바꾸는 동안 학기는 정신없이 흘러갔다.

학교의 중앙제어 라디에이터는 일곱 시가 되면 칼같이 꺼졌다. 학생회에서 가져다 놓은 온열기가 있었지만 간간히 언 발을 녹이는 용도로나 쓰일 뿐 빠르게 식어가는 강의실의 공기를 데우기는 힘들었다. 뮤지컬 실습 교수는 의상과 작은 배경 무대까지 직접 챙기도록 했기 때문에 같은 팀 동기들이 과실에 내려가 막바지 작업을 하고 있었다. 초와 나만이 강의실에 남아 함께 노래하는 부분을 녹음하고 다시 들어보았다. 초도 나도 학과에서 단체로 맞춘 롱 패딩을 목 끝까지 잠가 올린 채였다. 몸이 얼어가도록 연습은 끝나지 않았다. 좀 전보다 더 나빠졌다가 다시 좋아졌다가 하는 식으로 이어졌고, 그래도 한참 전에 부른 버전을 들어보면 훨씬 더 나아지기는 했다는 것을 알 수 있었다. 공연 날까지 계속 불러보는 것밖에는 방법이 없었다. 밤 11시 45분, 경비 아저씨가 순찰을 돌며 아이들을 내보내기 시작하는 순간이 우리가 연습을 마칠 수 있는 때였다.

초와 나는 복도 저편에서 경비 아저씨가 다른 아이들을 쫓아내는 소리를 듣고 강의실을 정리했다. 가방을 챙겨 과실에 들렀지만, 동기들은 이미 소품을 정리하고 집으로 돌아간 모양이었다. 우리는 계단으로 향했다. 초가 어두운 천장으로 손을 뻗어 허공에 휘휘 휘저어보았다. 이미 건물 전원을 내리기 시작했는지 센서 등이 켜지지 않았다. 우리는 각자 휴대폰 플래시를 켜 발밑을 비췄다.

술 먹을래?

한참 말없이 계단을 걸은 끝에 초가 물었고 나는 곧장 한잔해, 답했다. 초와 단둘이 술을 마시는 건 실로 오랜만이라고…… 생각하면서. 초는 어둠 속에서 고개를 돌려 내 얼굴을 봤다.

그때 생각나?

언제?

홍대 간 날 있잖아. 모르는 아저씨들이랑 술 마신 날.

초는 말하곤 좀 웃었다. 나는 짐짓 아무렇지도 않게 응,
했다.

이상했어. 그 K란 사람.

초가 침을 삼켰다.

새벽에 나한테 갑자기 막 사귀자고 했거든. 처음에는 그
냥 좀 받아줬는데. 왜 그랬는지 모르겠어. 거기 클럽 근처
에 걔네 작업실 있는 거 알아? 지하에. 막 골목마다 멈춰
서서 키스를 해가면서 거기로 데려가더라고.

초는 무언가 말하려는 듯 망설이다가 입을 다물었다. 우
리는 계단을 다 내려왔지만 밖으로 나가지 않고 나란히
벽에 등을 기댄 채 섰다.

난 좀 만났어. P.

걘 어때?

똑같지 뭐, 미친놈들.

초는 대답이 없었다.

나는 노래를 생각했다. P가 들려준 노래들을. 몇몇 곡은

정말로 좋았다. 나는 그다지 음악을 즐겨 듣지 않는 사람으로 자랐지만, 가끔 음악이 필요할 땐 여전히 그가 알려준 곡들을 들었다. 사람들에게 플레이 리스트를 공유할 일—예컨대 음악을 좀 틀어보라거나, 추천을 해달라거나 하는 이야기를 들을 때—이 생기면 그들은 내게 어쩐지 감탄해버렸다. 노래를 좀 안다 하는 사람들일수록 그랬다. 이런 곡은 어떻게 알게 되었느냐고 묻거나, 그 곡 외엔 아는 게 전혀 없는 내게 그 나라 인디씬에 대한 긴 사견을 들려주기도 했다. 그때마다 나는 부끄러운 얼굴이 되어버렸다. 그리고 가끔은 골똘했다. 왜 이 곡들은 내 것이 되지 않는지. 영영 어디선가 훔쳐온 리듬으로 남아 있는 건지.

그러니까 나는 그때 내가 가진 밑천을 모두 털어 초대되지 않은 세계에 편법으로 침투했다는 생각. 그리고 끝내는 부끄러운 몰골로 추방당하고 말았다는 생각. 이어폰을 귀에 꽂고 걸어 다닐 때마다 몰려드는 그런 감정을 아주 오래 의심하지 못하고 살아왔다.

힘들었겠네.

초가 말했다.

너도. 힘들었겠네.

내가 말했다.

초가 아니 진짜로, 하고 말하면서 몸을 돌려 내 앞에 와서 섰다. 교정의 가로등 불빛이 초를 희미하게 비췄다. 초가 내 눈을 똑바로 바라보았다. 나는 겨우 입을 열어 그러니까. 너도. 하고 답했다. 열여덟의 초와 지금의 초는 그다지 달라지지 않은 얼굴이었다. 쌍꺼풀 없이도 큰 눈은 물론이고 입꼬리 양쪽으로 붙은 약간의 젖살과 그 주근깨들까지도. 나는 초의 얼굴을 새삼스레 살펴보다 비실 웃음이 터졌다. 잠깐 어리둥절해하던 초도 따라 웃기 시작했다. 초와 나는 그대로 자리에 주저앉아 웃었다. 뭐가 웃긴지도 모르면서. 웃음은 잦아든 뒤에도 딸꾹질처럼 입가에 남아 좀체 완전히 멎지 않았다. 초와 나는 여전히 웃음을 좀 흘리면서, 천천히 문을 밀고 찬바람이 부는 바깥쪽으로 걸어나갔다.

작가 노트

*

I slept with Sable when she was 13

Her parents were too rich to do anything

She rocked her way around LA

Till a New york doll carried her away

Look away Look away

—Iggy Pop 〈Look away〉

……로리 매틱스에 따르면 그녀가 데이비드 보위와 첫 관계를 맺은 것은 열네 살 때였고, 다음 상대는 지미 페이지였다. 이제 쉰아홉 살이 된 그녀는 자신을 그루피라고 생각해본 적 없다. …… 그녀는 페이지와 함께할 때도 법적 미성년자였다. #미투 이후 그녀는 상황을 다르게 보고 있을까? "그 후로 아마도 좀 다른 관점을 가지게 된 것 같아요. 몇몇 아티클을 읽고 생각했죠. '쌍. 어쩌면.'"

The Iris Times (2018.03.19.) Does #MeToo mean the end of the rock'n'roll groupie? — Male rock stars of the 1970s and 80s were often notorious for sleeping with young fans.

구글 도큐멘트 〈한국 인디밴드 공연을 안 가는 이유들〉

https://docs.google.com/document/d/1-N7KU6txlHMAbiLlWpELiOu4_

*

이 이야기를 쓰는 동안 자주 친구들과 상의했다. 나는 초와 '나'를 재단했고, 멈춰 서게 하고 싶었고, 때마다 쓰기를 중단해야 했다. 문서를 저장해 친구에게 보내고 옥상에 올라가 커피를 마시고 있으면 곧 전화가 걸려왔다. 친구 H는 집단 그루밍 collective grooming이 소녀들을 어떻게 불가해한 상태로 몰고 가는지 설명했다. 또 다른 H는 자기의 첫 남자에 대한 이야기를 한 시간 동안 들려주었다. (그러니까, 당시의 '나'가 그걸 사랑이라고 믿을 이유는 백 가지도 된다고 생각해.) 친구 S는 급작스러운 우울을 호소하며 술을 마시러 나오라고 졸랐다. 전화기를 붙들고 좁은 옥상을 오래 맴도는 동안 나는 초와 '나'가 언제든 다시 만나 후일담을 나누어야 한다고 믿게 되었다. 내가 친구들의 목소리로 이제 막 한 시절을 이해하기 시작한 것처럼, 그들에게도.

박민정

예의 바른 악당

2009년《작가세계》신인상에 단편소설「생시몽 백작의 사생활」이 당선되어 작품 활동을 시작했다. 소설집『유령이 신체를 얻을 때』『아내들의 학교』장편소설『미스 플라이트』등이 있다. 2015년 김준성문학상, 2018년 문학동네 젊은작가상 대상, 2019년 현대문학상 등을 수상했다.

나의 고향이 꽃 피는 산골이었다면 그들처럼 아름답게 추억했을까. 보라는 고향보다 먼저 그곳을 떠올린다. 최영진 내과/소아과. 어린 시절을 생각하면 떠오르는 아련한 글씨다. 녹색 페인트로 도색한 고딕체 폰트. 이제는 없을 것이다. 그곳을 생각하면 가만히 편안해지는 데가 있었다. 보라에게는 수많은 병원 중 가장 온화한 느낌을 주는 곳이었다. 환자 일반에게 병원은 무서운 곳이다. 만성 비염 환자인 보라에게도 이비인후과조차 좀처럼 적응되지 않는 곳 중 하나였다. 콧구멍을 헤집고 들어오는 쇳덩어리가 보라는 아직도 무서웠다. 그러나 보라의 기억에 소아과에서는 그런 흉물스러운 기기를 쓰지 않았다. 아파봐야 기껏 주삿바늘일 뿐이었다. 보라는 부드러운 미소를 지으며 청진하던 온화한 얼굴의 소아과의사를 떠올린다. 선생님이 진찰 좀 해볼까. 살며시 배에 닿던 따뜻한 남자의 손길이 기억나는 것 같다. 머리가 아파도 최영진 소아과, 배가 아파도 최영진 소아과였다. 보라는 이차성징의 징후를 겪을 때도 최영진 소아과를 찾았다. 그는 좋은 사람이었다. 그는 정말로 좋은 사람이었다. 어린 환자에게 확신을 줄 만큼이라면 분명 좋은 사람일 것이었다. 어린 시절의 보라는 어른이 되면 똑같은 문을 열고 들어가 내과에 접수하게 되는 걸까 은근히 기대했지만 고향을 떠나면서 자연스레 발길을 끊게 되었다.

보라도 어떤 아이들처럼 자연스레 출신지의 인구수를 욀 수 있었다. 머릿속에 그 지역 인구수만큼은 갱신되는 족족 인지할 수 있었다. 지방 출신들이 출신지의 인구수를 외고 다닌다는 것 자체가 서울 애들에게는 놀림거리가 되곤 했다. 보라에게 고향이 어딘지를 대는 일은 조금 특별한 절차였다. 그 지역 자체야 빤한 지방 소도시였지만 보라가 나고 자란 동네는 이제 사방 백 리 터를 제치고 땅값

이 가장 비싼, 이른바 황금 노른자라 불리는 부촌이 되었다. 출신지를 말하면 사람들은 십중팔구 정색하며 너 부잣집 딸이구나, 되물어 왔다. 누구나 이 땅의 복잡한 부동산 형성 과정에는 관심이 없으므로 보라는 입을 다문다. 자기가 살던 때에는 그곳이 얼마나 가난했는지, 부촌이 된 후 아버지가 그나마 가진 부동산을 얼마나 잃었는지에 대해 말할 필요는 없다. 그렇게 자기 집에서 쫓겨난 사람 중에는 아버지뿐만 아니라 그 동네에서 가장 번창하는 병원이었던 내과/소아과 병원장인 최영진 선생님도 있다는 건 얼마 전에 알았다. 더욱이 그가 병원을 잃고 목숨을 끊었다는 소식마저. 고모가 들려준 것이었다. 애, 그 사람 이야기 재수 없으니까 하지도 마라. 무슨 의사씩이나 되는 양반이.

좋은 사람은 반드시 망한다는 법칙에는 예외가 없다. 보라는 그렇게 생각할 뿐이었다.

단 한 가지의 예외를 보라는 잘 알고 있었지만, 그에 관해서는 결론짓기 어려웠다. 아버지와 고모는 둘 다 나쁜 사람이었는데 아버지는 망했지만 고모는 흥했다. 둘은 부부보다 가까운 사이라고도 말할 수 있었다. 보라가 알기로 들은 대개의 흥망성쇠를 공유했으므로, 한쪽이 망했다는 사실이 완전한 망함을 의미하는 건지 확신할 수 없었다.

처방전에 버젓이 적힌 건강보험 가입자 이름은 아버지 이름이다. 이치에 맞으려면 고모 이름이 적혀야 한다고 보라는 생각했다. 아마 건강보험료도 고모가 내주고 있을 테니까. 약국을 나선 후에야 보라는 비로소 건물을 올려다봤다. 멀티플렉스처럼 모여 있는 이곳의 이름은 병원 종합상가가 적합할 것 같았다. 이 동네에서 퍽 마음에 드는 곳 중 하나였다. 어지간한 병원들이 다 모여 있기에 발품을 팔 필요가 없었다. 1층에 입점한 약국에서는 갈 때마다 뜨거운 생강차도 한 잔씩 내주었다. 늘 손님이 많은 약국이라 값싼 비타민제를 카드로 결제해도 미안하지 않았다.

나는 외톨이지만 모두들 한통속이다.

도스토옙스키가 만든 인물 골랴드킨의 대사였다. 마음에 드는 문장이었다. 나는 마음에 들지 않으면 따라 하지 않아요. 선배들은 그렇게 말하는 보라를 좋아했다. 팔뚝질하면서 무슨 구호를 따져, 너 회색분자냐? 단 한 사람만 그런 식으로 공격했을 뿐이었다. 보라는 항상 마음에 드는 문

장만 읽었고 그처럼 마음에 드는 구호만 따라 했다. 영단
어도 마음을 홀리는 것들만 골라 외웠고 그랬기 때문에 경
쟁력이 될 만한 영어 점수는 얻지 못하는 것이 당연했다.

이건 내가 붙인 말.

그러니까 다른 것은 전부 내가 붙인 말이 아니다.

보라의 확신이었다.

나도 너처럼. 보라는 날마다 생각했다. 귀여운 동물 캐
릭터가 수놓인 수면 치마를 입고 곤히 잠들어 있는 지나
를 가만히 바라볼 때가 많았다. 보라는 미동도 없이 잠을
자는 지나가 더없이 부러웠다. 나도 너처럼 쉽게 잠이 들
고 그만큼 편안하게 잘 수 있다면. 충분한 수면을 취하고
맑은 정신으로 일어날 수 있다면. 뒤척이지 않을 수 있다
면. 그보다, 기상과 동시에 숨이 멎어버릴 듯 재채기를 하
지 않는 그녀가 부러웠다.

그러나 잘도 자는 너는 왜 재채기 소리에는 반드시 몸
을 비틀어서 나를 몸 둘 바 모르게 만드는 거니. 부러움
끝에는 지나가 얄밉기도 했다. 재채기는 참는다고 참아지
는 것이 아니었다. 소리를 내지 않으려고 애써도 고작 소
리를 내지 않으려는 소리만 터져 나올 뿐이었다. 자기 재

예의 바른 악당

채기 소리가 타인에게 주는 불쾌감을 보라는 잘 알고 있었다. 재채기 소리에 지나가 몸을 비틀거나 미간을 찌푸릴 때마다 과거 모의고사 영어 듣기평가 시간의 난감함이 밀려왔다. 모두에게 미움 받도록 타고난 사람처럼 꼭 그런 순간에만 재채기가 터졌다. 그럴 때마다 방해 말고 당장 꺼지라는 듯 노려보던 아이들의 눈동자가 도처에 맺혔다. 사려 깊고 다정한 지나가 벌떡 일어나서 당장 내 방에서 꺼져버려, 외칠 것 같았다. 결코 그럴 일은 없다고 생각하면서도 보라는 불안했다.

11월 전기세 15,000. 수도세 23,000, 가스요금 125,000. 각기 다른 색의 포스트잇에 적힌 내용이었다. 보라는 입술을 물어뜯었다. 이상한 내역들이었다. 지나의 오피스텔에서 관리비 외 별도로 징수하는 세금은 가스요금뿐이었다. 더욱이 가스요금 125,000이라는 내용 역시 사실과 달랐다. 지나는 책상 앞 코르크판에 달마다 지로용지를 붙여놓았다. 보라는 매달 얼마씩 가스요금을 내야 하는지 잘 알고 있었다. 이건 내가 낼게, 그런 말도 하지 못하는 자신을 매번 자책하며 숙지한 숫자들이었다.

보라는 지나의 필체에 관해서도 잘 알고 있었다. 지나의 필체는 오랜 시간 동안 변함이 없었다. 둥글게 감은 자음 모양새에다 모음의 끝에 별을 그려 넣는 습관도 오랫동안 그대로였다. 괜찮은 글씨체만 보면 곧잘 따라 하게 되어, 굳어진 자기만의 필체랄 것이 없는 보라와 다르게 지나는 한결같았다. 지나는 얼마간 그녀를 알아온 사람이라면 대번 알아볼 만큼 특징적인 필체로 방 곳곳에 메모를 해두었다. 네가 범죄자가 되면 필적감정이랄 것도 없겠다. 많은 친구들이 지나에게 그런 농담을 던지곤 했다. 보라는 잠든 지나의 곁에 세워져 있는 전신 거울을 봤다. 거울 상단에 야광 매직펜으로 써둔 지나의 메모가 빛나고 있었다. 보라, What's up? 이니셜 대문자처럼 W는 예의 별들로 꾸며져 있었다. 어쩔 수 없이 눈치가 보일 때마다 보라는 그것을 봤다. 그것이 남아 있는 한 보라는 지나의 곁에 머물 수 있을 것 같았다. 어느 날 화가 난 지나가 화장 솜에 리무버를 듬뿍 묻혀 그것을 깨끗하게 지워버린다면, 그날은 비로소 고향에 내려가는 날이 될 것이다.

그러나 지나는 정말이지 색다른 방식으로 보라의 낙향을 종용하고 있는지도 모른다. 포스트잇에 있는 필체는 단언컨대 지나의 필체가 아니었다. 보라가 알지 못하는, 보라가 아는 바 없는 세금 계산 항목을 기재함으로써 더 이상 보라가 머물 수 없는 공간이라고 선언하는 것은 아닐까. 지나가 손수 만들어준 1.5평 공간을 나서 현관을 나서 오피스텔 바깥으로, 급기야 서울 밖으로 나가야 하는 것은 아닐까. 말도 없이 도어록의 비밀번호를 바꾸어버릴 지나는 아니었다. 어떤 방식으로든 보라에게 선택권을 줄 것이었다. 지나는 가습기에서 솟아나는 맑은 김 같은 부드러운 숨을 내뿜고 있었다. 싫은 소리를 할 줄 모르는 지나는 그런 방법을 택했는지도 몰랐다. 그래도 보라에게는 할 말이 없었다. 보라는 객식구였다. 객이자 식구라는 형용모순의 조어가 자신의 이름이었다. 보증금과 월세뿐만 아니라 각종 세금이며 부식비 일체를 지나가 부담하고 있었다. 지나의 집이었다. 보라는 지나의 룸메이트라기보다는 오랫동안 머물고 있는 손님일 뿐이었다.

이번에는 반드시 이길 겁니다.

우리가 이길 겁니다.

그날이 다가올수록 당원들은 들뜨는 듯했다. 온통 이길 것 같은 예감뿐이었다. 보라도 마찬가지였다. 디데이가 있는 12월에 들어서자 막연한 기대감에 가슴이 뛰었다. 지난 달까지만 해도 SNS에서나 거리에서나, 집계되는 지지율로 나 밋밋한 반응뿐이었다. 집권당을 바꾸어서 새로운 시대를 열자는 패러다임의 키를 이쪽이 잡고 있었지만 불안한 건 어쩔 수 없었다. 대중에게 훨씬 익숙한 얼굴은 저쪽이었다. 저쪽이 오랫동안 쌓아온 이미지가 그다지 호감을 주는 것은 아니었지만 익숙함 자체가 강력한 무기인 건 분명했다. 사리 판단에 어두운 유권자일수록 선택의 기로에서 그저 익숙한 쪽을 선택할 것이다. 보라의 생각에 그따위 선택이란 폭력을 일삼는 남편에게 돌아가는 촌부들의 그것 같았지만 그런 이유라고 해도 간단히 무시해버릴 만한 것은 아니었다.

각자의 분석이 다양했지만 불안감은 전부 같았다. 이러다가 질 수도 있겠다. 그러나 누구도 그 말을 입 밖에 내지 않았다. 그들이 보고 있는 것은 미래였다. 만약을 던질 수 없는 과거가 아니었다. 얼마든지 이긴 이후의 상황만을 그려보아도 좋았다. 이겨야만 했다. 반년 가까운 시간을 투신 중인 그들의 존재 감각은 오직 반드시 이길 수 있을 것이라는 낙관적인 의지에 기반하고 있었다.

그러나 보라는 때때로 멈춰서 이 상황을 가만히 지켜보곤 했다. 다들 냉철한 분석을 한다고는 했으나 소설 속 1인칭 화자처럼 어떤 지점은 결코 볼 수 없었다. 보라는 의식적으로 그들에게서 멀리 떨어져보려는 순간을 가져보곤 했다. 12월에 들어서 처음으로 가져본 3인칭 시점에서 보라는 다소 찜찜한 기시감을 느꼈다. 기시감의 근원을 따져보니 수능 시험을 일주일 앞둔 시점에서의 자기 태도였다. 일주일 후에는 어떻게든 결과가 나온다. 만족할 만한 결과와 만족하지 못하는 결과, 둘 중 하나일 테지만 지금과는 다른 상황일 것이다. 그러니까 결정이 난 상황일 것이고, 아직 오지 않은 미래는 좋은 쪽으로만 그려보아도 충분하다. 이런 식의 만고에 쓸데없는 생각 때문에 마음이 들떠 공부를 놓아버렸던 자기모습이었다.

머리 나쁜 것들은 그래서 결국 망하는 거야.

보라는 그토록 경멸했던 폭언을 인정하게 되는 어떤 순간이 싫었다.

그가 남긴 폭언들은 보라가 사랑하는 잠언이나 소설과 시의 멋진 구절들처럼 전부 또렷하게 기억났다. 당장에라도 포스트잇에 써서 붙이면 자신의 1.5평 공간을 다 채워버릴 수도 있을 것 같았다. 보라는 군이 잊어버리려고 하지도 않았다. 어떤 말은 유독 자신을 울리던 사랑 노래의 가사처럼 곱씹을수록 좋았다. 지나는 스스로를 학대하는 건 안 좋은 버릇이라고 보라를 타일렀다. 그러나 보라는 자기만 괜찮으면 문제없다고 생각했다. 그는 훈계하는 버릇이 있었고 툭하면 비아냥댔고 결국 훈계와 조소를 번갈아 남기고 청년위원회를 떠나버렸다. 그렇지만 보라에게는 영원한 동지였고 친구였다. 물론 그런 말을 당원들에게 할 수는 없었다. 보라를 데려온 사람이 그였고 그가 떠나고도 자리를 지키는 사람이 보라였다. 그에 대한 증오가 보라에 대한 연민으로 화한 듯 모두 보라의 편에서 그녀를 보호하려고 애썼다. 지나도 그중 하나였다.

팔뚝질하면서 무슨 구호를 따져, 너 회색분자냐?

보라가 기억하는 그의 첫마디였다.

불의를 너무 추궁하지 말아요. 그것은 저절로 얼어 죽어요. 밖은 추우니까요. 어두움과 혹독한 추위를 생각하세요. 비탄 소리 울리는 이 골짜기에서.

브레히트의 노랫말은 적당히 쌀쌀한 날씨가 아니라, 거

의 못 견딜 만큼 춥다고 여겨질 때만 생각났다. 그날이 다가올수록 바깥 날씨는 혹독하게 추웠다. 그들이 비관적인 미래를 예측할 수조차 없는 건 어쩌면 당연했다. 그저 의지로 낙관하며 추위에 맞서 싸워야 했다. 공식 선거운동이 시작된 후 보라를 포함한 대부분은 거리에서 시민들을 만났다. 그분의 얼굴을 캐리커처로 만들어 포장한 핫 팩이 가방 속에 가득 들어 있었지만 보라는 선뜻 꺼내 쓰지 않았다. 사무실에서는 언제나 넉넉하게 핫 팩을 나누어줬지만 보라는 그것을 아꼈다. 쓴 약을 삼킨 후 맛보는 사탕처럼 일과를 마치고 귀가할 무렵에나 하나씩 꺼내볼 뿐이었다. 보라는 요즈음이 그 어느 때보다 춥다고 생각했다. 곧이어 생각을 정정했다. 겨울은 언제나 춥다. 요즈음의 추위는 한 번도 겪어보지 않은 추위 같다, 고 생각하다가도 지나온 겨울의 추위를 차례로 떠올려보면 매번 새삼스레 추위는 혹독한 것이었다.

그들이 늘 거리에 있듯.

보라는 구호를 외치고 율동을 하다가도 그런 풍경을 저승 보듯 멀거니 바라보는 그들의 눈을 인식하면 문득 전부 부질없는 짓을 하는 것처럼 허탈해졌다. 가방에 가득

든 핫 팩을 조금 나누어줄까, 싶은 마음은 꼭 집에 오고 난 후에야 들었다. 그들이 이편을 저승처럼 바라보듯 이편에서는 그들이 저승이나 다름없었다. 보라는 그들에게 다가가기 싫었다. 거리에 사는 사람들이 어떤 냄새를 풍기는지 보라는 알고 있었다. 소외된 자들, 거리의 사람들, 그런 문구를 볼 때마다 밀려오는 강렬한 감각은 구역질이 날 듯한 악취뿐이었다. 모두가 행복한 세상, 차별받지 않는 세상, 항상 그런 식의 말을 외쳤지만 다가가기 싫고 마주하기 싫은 인간들이 도처에 있음을 보라는 알았다. 보라는 자기 부도덕과 촌각을 다투며 대결했다. 대결을 포기하면 바로 그 사람처럼 자조하며 동지들을 떠나가는 길밖에 없었다. 보라는 모두가 그렇게 싸우고 있으리라 생각했다. 더러운 굴다리 밑에서 동사의 위험을 안고 자는 인간들을 외면하며 차별 없는 세상을 외치는 그들 모두가. 저들에게도 우리만 한 자식들이 있을지 모른다. 대체 그 사람들은 뭘 하는 것일까. 몇 달간 씻지 않은 몰골을 하고 더러운 물로 끓인 컵라면을 허겁지겁 먹는 저 남자의 딸은 구스다운 패딩 점퍼를 입고 도심의 카페에서 커피를 마시고 있는 건 아닐까. 그런 상상을 하면 지독하게도 불편했다.

보라의 아버지도 고모가 아니었다면 그렇게 살고도 남을 법했다. 노숙자들에게 다가가 핫 팩을 건넸다가 난 이 자식 지지하지 않아, 너희들 전부 북한에나 가, 라고 쏘아붙이는 말을 듣는다면 차라리 편할 것 같았다. 보라는 종종 그런 상황을 상상했다.

추웠다. 한 길가 속 추위는 적어도 여기 모인 모두에게만큼은 공평했다.

보라는 지나와 함께 살면서부터 그들에게 적어도 밤은 확실하게 불공평하다는 것을 깨달았다. 보라와 지나의 일정은 거의 같았다. 함께 세미나를 하고 함께 회의를 하고, 함께 선거운동을 했다. 보라는 일과 후 쉬이 잠들지 못했다. 그러나 지나는 샤워를 하고 옷을 갈아입은 후 예외 없이 곤히 잠들었다. 갑자기 깨어나는 일도 없었다. 그런 지나를 보라는 하염없이 바라보곤 했다. 유체 이탈한 영혼이 누워 있는 자기 몸을 바라보듯. 잠을 원할 때 잠들지 못하면 책을 읽을 수도 음악을 들을 수도 없었다. 그저 꼼짝없이 밤을 내내 맞고 보내야 했다. 종종 터지는 재채기에 지나가 깰까 봐 몸을 추스르면서 보라는 대부분의 밤을 괴로워했다. 잠들지 못하는 시간에 보라는 더 많은 생각을 해야만 했다. 그 생각들이란 거개 불필요한 것이었다. 그가 남긴 말. 그가 마지막으로 남긴 말. 아니 마지막이 아니었던가? 그가 캐비닛을 걷어차고 책상을 뒤엎고 커피믹스 봉지를 뭉텅이로 던지며 쏘아붙인 말들. 보라는 그때도 잠든 지나를 보듯 무력하게 그를 보고만 있었다.

너희들은 전부 망할 거다. 그렇게 나이브해서는.

그것이 그의 마지막 말이었는지 아닌지 정확하지 않았다. 몇 마디 더 뇌까렸을 수도 있었다. 그렇다면 엄밀하게 마지막 말은 아닐 것이었다. 그러나 보라의 기억 속에서 언제나 반복 재생되는 말은 그것이었다. 다시는 돌아보지 않을 누군가의 뒷모습과 함께 영원히 기억되는 말이라면 마지막 말에 값하는 것이었다.

너 대체 거기서 뭘 하고 있는 거니.

고모였다.

보라는 충동적으로 통화 종료 버튼을 누르려다 그만두었다. 전화를 아예 받지 않았다면 모를까 받아놓고 끊어버린다면 어떤 사달이 일어날지 몰랐다. 몇 개월 전부터 보라는 고모의 전화를 피했다. 그녀 조카로서의 삶과 청년위원회의 삶을 동시에 도모할 수는 없었다. 요즈음 같은 시기에는 조카 역할을 연기조차 할 수 없었다.

너 대체 거기서 뭘 하고 있는 거니.

고모는 서울을 거기, 라고 불렀다. 거기 있으면 밥이 나오니, 뭐가 나오니. 돈벌이하는 것도 아니면서. 너 집은 있니. 관 같은 고시원에 처박혀 살면서 컵라면으로 끼니 때울 거면 당장 내려오거라. 사촌 동생들 지금 중학생, 고등학생이야. 알고는 있니? 와서 애들 공부나 조금 도와주면 고모가 용돈도 넉넉하게 줄 거고. 그렇게 살아야 하지 않겠니? 서울에서 빌빌대는 것보다는 그게 낫지 않니?

그럴지도 모른다고. 아니 그렇다고 보라는 생각했다.

머지않은 과거 보라는 바로 그렇게 살았다. 고모를 '조금' 도와주면 넉넉한 용돈을 받을 수 있었다. 고모에게 순종하던 시절, 그를 만나기 전까지 그랬다. 그땐, 누구의 눈치도 보지 않고 불면의 밤을 보냈다. 어떤 친구들처럼 무거운 맥주잔을 나르지 않아도, 취객들의 희롱을 견디지 않고도, 백 리터에 육박하는 듯한 쓰레기를 치우지 않아도 돈을 벌 수 있었다. 손쉬운 돈벌이였다. 고모는 돌아오라고 말하고 있었다. 굳이 고향에 내려와서 살라는 이야기가 아니었다.

그러나 보라는 대답한다.

고모, 저 잘 지내고 있어요.

따뜻한 원룸에서 지내고 있다고요. 가스비 같은 거 신경 안 쓰고 넉넉하게 난방하고요. 통 유리창 앞에서 책도 읽고 잠은 침대에서 자요. 정수기에서 물 받아 마시고 라면보다 쌀밥을 더 자주 먹어요. 매일 출근하는 곳도 있고 동료들과도 잘 지내요. 아직은 월급다운 월급을 받지 못하지만 더 나은 미래를 위해 감수하는 것이니 괜찮고요. 서울에 내 자리가 있고 나를 필요로 하는 사람들이 있어요. 그런데 왜 자꾸 내려오라고 하세요?

전부 사실이었다.

그것이 전부 사실이었지만 보라는 자기 말을 신뢰할 수 없었다.

보라와 지나가 다녔던 대학 캠퍼스 전경이 시원하게 내려다보이는 큰 유리창이 있는 17평 오피스텔의 천장은 높았고 빌트인 가구도 전부 고급이었다. 지나는 돈 몇 푼 아낀다고 춥게 지내는 건 딱 질색이라며 항상 넉넉하게 난방을 했다. 지나가 그렇게 단언했으므로 난방비의 많고 적

음에 관해서는 눈치 보지 않아도 되었다. 지나가 손수 만
들어준 보라의 공간은 유리창 앞에 있었다. 지나는 귀한
양털로 만들어진 카펫을 깔아주었고 아기자기한 인형들과
오르골, 스노글로브 따위로 공간을 꾸며주었다. 퀸 사이즈
침대 한편을 양보한 것은 물론이었다. 얼음까지 튀어나오
는 정수기 역시 오피스텔의 옵션이었다. 지나는 거의 날
마다 3인용 밥솥에 밥을 안쳐놓았다. 밥이 없으면 꺼내 먹
을 햇반도 창고에 넘치게 있었다. 무엇보다도 보라는 날마
다 출근했다. 선거운동이 시작된 요즈음 그들의 일과는 어
지간히 야근하는 직장인들 못지않았다. 여기서 내가 갑자
기 이탈해버린다면, 그런 상상을 하는 것만으로도 흔들리
는 조직이 눈앞에 보일 만큼 그곳에서 보라의 존재는 중요
했다.

그러므로 그 모든 것이 거짓이 아니라 사실이었다.

그러나 고모의 전화를 끊고도 한참 동안, 보라는 거짓
진술을 한 것처럼 가슴이 달막거렸다.

너도 우리를 떠날 줄 알았다.

그 자식처럼.

술에 취한 선배들은 가끔 그런 말을 했다. 진심을 발설하는 그들의 표정은 흥겨워 보였다. 보라 입장에서는 마치 숙면하는 이들처럼 행복해 보였다. 그들은 멋대로 말하고 보라는 골뱅이무침이나 젓가락으로 뒤적일 뿐이었다. 그러다 퍼뜩 정신을 차린 보라는 자신이 휘저어놓은 것들을 전부 주워 먹었다. 보라는 가끔 그들이 지나치게 솔직해지려고 하는 순간이 무서웠다. 그들의 진심은 자기의 진심처럼 영영 외면하고 싶은 것일 뿐이었다.

보라의 표정이 눈에 띄게 어두워지면 지나가 달려왔다. 선배, 또 이상한 소리 했지. 지나는 깜찍하게 눈을 흘기며 그를 쫓아내고 보라를 달래주었다. 정신을 차린 선배들이 반드시 미안하다고 사과해오는 것도 지나 덕택이었다. 지나가 있는 곳에서는 누구도 보라에게 함부로 대할 수 없었다. 보라는 그 사실에 감사해야 하는지에 대해서 생각했다.

보라가 사랑하는 장면들이 있었다.

누군가의 위험한 발언 중에 손을 번쩍 들어 이의를 제기하는 지나. 수백 명 앞에서도 기죽지 않고 사회를 보며 농담까지 던지는 지나. 나이 어린 대학생에게도 꼬박 존대하고 허리를 숙여 인사하는 지나. 앞장서서 세미나실을 청소하는 지나. 누군가가 청소에 동참하지 않고 게으름을 피워도 타박하지 않는 지나. 남는 종이로 학이나 별, 돛단배 등을 접어놓곤 하는 지나. 앞치마를 두르고 찌개를 끓이며 그것의 맛을 보는 지나. 종이를 접는 예쁜 손가락. 맵다며 찌푸리는 눈살. 보라와 눈이 마주치면 반드시 웃어 보이는 지나의 예쁜 모습들이었다.

그런가 하면 못내 괴로운 장면들도 있었다.

알록달록한 그림이 그려진 잠옷을 입고 잠들어 있는 지나의 상기된 볼과 긴 속눈썹. 무방비하게 벌어져 있는 앞섶 같은 것. 남자 선배들과 스스럼없이 부딪치며 웃는 모습. 지나를 처음 봤을 때를 떠올리게 하는 장면들이었다. 꽤 오래전 일이었지만 그에게 업혀 있던 지나의 겁먹은 눈과 살갗이 길길이 찢어져 피투성이가 된 눈썹께는 선명하게 기억나곤 했다. 지나의 눈썹께에는 아직 희미하게 흉터가 남아 있었다. 춤을 추고 노래를 부르던 평화로운 노동절 집회에 나타난 애국청년단 녀석이 던진 돌에 맞은 상처였다. 어디서 본 건 있어선지 그럴싸한 짱돌을 구해 와서는. 지나에게는 웃으며 당시를 회고하는 버릇이 있었다. 어디서 그렇게 생긴 짱돌을 구해 와서는. 지나가 그럴

수록 보라에겐 조금만 빗나갔으면 눈이 멀어버릴지도 몰
랐다고 중얼거리며 엉엉 우는 과거의 그녀만 떠오를 뿐이
었다.

그런 지나의 어깨를 감싸며 달래던 그의 모습은 더욱
분명하게 생각났다.

이 개새끼들이, 하면서 좌중이 흥분해 달려 나갈 때 보
라는 지나를 업은 그에게만 주목하고 있었다. 상처를 입
고 얼굴이 시퍼렇게 질려 있는 지나보다 그의 손이 그녀
의 허리에 가 있는지 엉덩이에 가 있는지를 더 먼저 살펴
본 자기 태도에 실망을 거듭하면서.

네가 선배 여자 친구 보라구나. 반가워. 우리는 나이가
같으니 친구하면 되겠다.

지나는 눈썹 위에 커다란 반창고를 붙이고 다시 나타났
다. 너 그거 하고 있으니까 진짜 꿘 같다. 그는 지나의 얼
굴을 보며 배를 잡고 웃었다. 그들이 자주 모여 함께 걷고
뛰고 노래하던 길목에는 그들이 사랑한 단골 술집도 많았
다. 그는 재료가 무엇이든 전부 무쳐내던 허름한 술집을
유독 사랑했다. 이모님, 어머니, 누님, 하며 반죽 좋게 종업
원들에게 말을 거는 그는 술집에 들어서자마자 첫마디로

오늘은 뭐 있어요, 란 말을 건넸다. 지나와 보라를 서로에게 소개하던 그날도 그는 주방을 향해 외쳤다. 어머니 오늘은 뭐 줄 건데요?

야, 오늘은 소라무침이다. 그 말을 듣는 순간 보라의 얼굴이 굳어진다. 지나는 보라의 눈치를 살피며 그에게 말한다. 선배, 선배 여자 친구는 그거 먹기 싫은 것 같은데. 자기가 먹고 싶은 것보다 여자 친구가 먹고 싶은 걸 시켜야지. 그는 갸우뚱하며 보라의 옆구리를 찌른다. 너 먹기 싫어? 아니잖아. 그는 보라의 대답도 듣지 않고 지나에게 웃어 보인다. 괜찮아. 얘는 다 잘 먹어. 오늘 내가 특별히 쏘는 건데. 지나, 네가 먹기 싫어서 그러는 건 아니지?

어린 시절 그것을 먹고 다 게워낸 이후 입에도 대지 않는다는 말을 보라는 할 수 없다. 지나는 한숨을 쉬며 보라의 얼굴을 살핀다. 지나가 너무 찬찬히 살펴보기에 보라는 어쩔 수 없이 소라무침을 주워 먹기 시작한다. 지나는 안도한 듯 그에게로 몸을 돌려 정신없이 깔깔대며 웃는다. 그들의 대화에 끼어들지 못하므로 보라는 더 많은 소라를 먹을 수밖에 없다. 지나가 수시로 보라에게 시선을 주며 보라 넌 어때, 묻는 바람에 잔뜩 긴장한 채였다. 그는 계속 지나에 관한 이야기만 했다. 막상 소라무침을 먹는 사람은 개중 보라뿐이었다.

애네 부모님, 대단한 분들이셔.

지나의 아버지와 어머니는 모두 이름만 대면 알 법한 운동권의 대선배들이라고 했다. 지나는 고개를 젓고 손사래를 쳤다. 선배, 그만해. 우리 부모님 지금 논술학원 크게 하셔. 알잖아. 그는 껄껄 웃었다. 너희 부모님 지금 돈 많이 번다고 변절이라도 했다는 거냐? 넌 정말 너희 부모님에게 감사해야 해. 알아? 보라는 더는 듣고 있을 수가 없었다.

어두운 골목에서 전신주를 붙들고 한참 소라무침을 게워내고 있을 때, 다가온 사람은 그가 아니라 지나였다. 지나는 정성스레 보라의 등을 쓸어주었다. 보라의 눈에 눈물이 맺힌 걸 보며 지나는 다정하게 보라를 안아주었다. 너도 좀 힘들겠다. 선배가 워낙 배려가 부족해서. 지나는 보라의 등을 토닥였다. 보라는 위로를 받는 건지 놀림을 받는 건지 모를 기묘한 기분에 사로잡혀 있었다.

언젠가 그도 이곳에 누워 잠든 적 있지 않을까.

보라는 부러 지나의 곁에 바짝 다가가 눕는다. 그녀의

뺨을 한번 쓸어볼까 하다 그만두고, 눈썹 위 희미한 흉터에 혀를 갖다 대려다 그만두고, 벌어진 앞섶에 손을 넣어볼까 하다 그만둔다. 과거 그 사람이 했던 행동들을 재현하려는 듯. 베개에 귀만 대면 잠드는 그와 지나가 나란히 누워 숙면을 취하는 모습을 그렸다 지웠다 하는 건 꽤나 오래된 보라의 습관이었다.

역시 유전자가 좋아.

우리는 전부 유전자를 넘어설 수 없다니까.

그래서, 생물학은 운명이야.

보라는 그에게 그따위 개소리는 집어치우라고 말한 적도 없었다. 그가 지나를 두고 그런 식으로 주워섬길 때마다, 선배는 지나랑 잤어요? 묻고 싶은 마음을 애써 누를 뿐이었다.

소라무침. 소라 8개, 도라지 100g, 고추장 2큰술, 설탕 2큰술, 참기름 2큰술, 통깨 1작은술, 소금 약간, 오이 1개, 홍고추 1개, 식초 2큰술, 다진 마늘 1큰술, 고춧가루 1큰술, 생강술 약간.

소라는 생강술, 소금을 약간 넣고 끓는 물에 살짝 데친다.

오이는 동그랗게 썰어 소금에 절였다가 꼭 짠다.

도라지는 씻은 다음 소금, 설탕, 식초에 30분 정도 숨이 죽을 때까지 절인다.

홍고추는 칼날을 세워 썰고 씨를 제거한다.

준비된 소라, 오이, 도라지, 홍고추를 고추장, 고춧가루, 다진 마늘, 참기름과 함께 무친다.

통깨를 뿌려 접시에 담아낸다.

보라는 언제나와 같이 곤히 잠들어 있는 지나를 바라봤다.

소라, 오이, 도라지 등의 글자 끝에 정신없이 별이 그려져 있었다. 이건 지나의 필체였다.

저기, 너 좀 일어나 볼래?

넌 정말 잘도 처자는구나.

보라는 하마터면 그런 말을 입 밖에 낼 뻔했다. 가슴이 몹시 두근거렸다. 의심할 여지도 없었다. 보라를 혼란스럽게 만드는 포스트잇은 전부 지나가 붙여둔 것이었다. 지금껏 무엇을 의심했던 건지 새삼 의아했다. 이 집에는 보라와 지나밖에 없었다. 그들의 분신이 더불어 살고 있거나 제3의 침입자가 존재하지 않는 이상 분명했다. 내가 아니라면 너뿐이었다.

언제 이런 짓을 했을까. 너는. 내가 샤워하는 동안? 네 물을 쓰는 것이 미안해서 언제나 가능한 한 빨리 씻고 나오려고 했는데 그동안 너는 이런 짓을 했니. 너는 가끔 늦게 돌아온 날에도 눈을 비벼가면서 일기를 쓴다고 책상에서 끼적이곤 했지. 그동안 고작 이런 짓을 꾸몄던 거니. 내가 부엌에서 이것저것 하고 있을 때? 옷을 갈아입을 때? 우리는 항상 함께하는데 대체 언제?

지나에게 직접 물어볼 수 있을까.

그에게도 직접 물어볼 수 없었다.

세미나 중 재채기를 하던 보라를 자비 없이 노려볼 정도로 불친절한 그가 왜 지나에게는 언제나 다정했는지. 여자 친구인 자신에게보다 훨씬 더. 지나가 있을 때나 없을 때나 그녀를 칭찬하고, 틈만 나면 지나의 부모를 들먹이며 보라에게는 생각만 해도 치 떨리는 고향을 떠올리게 했는지. 그는 아예 이렇게 말하기도 했다. 너나 나 같은 애들은 안된다고. 결국. 지나 같은 애들이 남는 거야. 그래, 우리는 그저 뺑이 치다 끝날 거야.

그래서, 선배는 지나랑 잤어요?

보라는 그게 궁금했다. 왜 지나가 임의롭게 그의 손을 잡고 어깨에 기대며 반말을 하는 것인지. 그는 왜 수시로 지나의 오피스텔에 가 있는 것인지. 그러나 그와 사귀는 동안 보라는 단 한 번도 묻지 못했다. 고모와 틀어진 후에는 더욱 마음대로 할 수 있는 것이 없었다. 어떻게든 서울에 있어야 했고, 머물 수 있는 곳은 그의 거처뿐이었다.

너도 이런 것쯤은 알아야 해. 모르면 외워.

그는 어려운 사회과학서적을 잔뜩 꺼내 보라 앞에 펼쳐 놓는다. 보라가 가져온 고전문학 전집을 가리키며 그는 코웃음 친다. 저런 건 다 버려. 보라는 애지중지 아껴온 책들을 박스에 담아 한구석에 둔다. 그는 자신이 알고 있는 고전사회학 이론과 기호학이나 사회조사 방법론 같은 것을 보라에게 한참이나 설명해준다. 듣고 있던 보라가 꾸벅 졸면 어깨를 흔들어 깨운다. 그렇게 깨어난 보라는 한동안 잠들지 못하고 이야기를 마친 그는 코를 골며 숙면을 취한다.

야, 이제 그만 처자고 일어나라고.

보라는 지나의 어깨를 발로 툭 건드린다. 이 말 한마디

하기가 그렇게 어려웠구나. 보라는 자신에게 놀란다. 뺨이
붉은 지나는 아기 같다. 지나의 볼을 꾹 누르면 입술이 벌
어질 것 같다. 지나의 긴 속눈썹이 파르르 떨리는 것 같다.
지나의 눈이 떠지다 다시 스르르 감긴다.

보라는 그만 지나의 가슴팍을 발로 세게 누르고 싶다.

지나를 제압한 후 버둥거리는 그녀에게 정말로 물어보
고 싶다. 내 남자 친구였던 그와 대체 무슨 관계였느냐고.
너희들이 나를 기만한 게 맞느냐고.

지나가 눈을 번쩍 뜬다.

벌써 아침이야?

주상복합아파트가 곳곳에 들어서고, 대기업 프랜차이
즈 쇼핑몰이 도처에 생겨나고, 고속 열차가 지나가고, 그
에 발맞춰 사람들의 입성이나 그들이 소유한 차량의 때깔
이 좋아지는 것 같은 기분이 들기 시작할 때부터 보라는
고향에 내려가기 싫었다. 변화하는 모습이 싫어서가 아니
었다. 부자 동네로 거듭날수록 아버지는 빠르게 거지가 되
어가기 때문이었다. 아빠 우리도 아파트로 이사 가면 안
돼? 우리 집은 너무 낡았잖아. 그런 말을 하던 어릴 적의

자신을 생각하면 보라는 쓸쓸해졌다. 가스 배관과 라디에이터가 투박하게 노출된 낡은 거실이 딸린 허름한 빌라였지만 그 집의 등기부등본상 소유주는 아버지였다. 방학을 맞아 내려간 자신에게 머물 곳이 없어질 줄은 몰랐다. 고모네 작은방에 살기 시작한 아버지는 사촌 동생들의 건방진 태도에 기가 죽었고, 그렇게 사는 아버지와 보라의 미래를 빌미로 고모의 간섭이 날로 심해졌다. 고향에 내려가는 일은 고역이었다. 기차를 타기 위해 서울역에 들어서는 순간부터 보라는 피로했다. 아직도 구걸하고 있는 사람들, 아무 데서나 잠들어 있는 사람들을 보면 아버지가 생각나서였다. 보라는 가능하다면 다 잊어버리고 싶었다. 아버지가 고향에서 어떻게 살고 있든. 더 이상 고모가 도와주지 않을 때 자신이 맞닥뜨려야 하는 불행한 미래가 어떤 것이든.

보라는 겨우 입을 뗐다. 이제 굳이 용기를 낼 필요가 없다고 생각한다.

소라무침이라니, 만들어 먹으려고?

지나는 눈을 비비며 몸을 일으킨다.

아. 소라무침. 시간 날 때 만들어보려고.

지나는 하품을 하며 마른세수를 한다.

왜 이렇게 피곤하냐. 요즈음 우리 일정이 빡빡하긴 한가 봐. 이렇게 무거운 몸으로 일어난 적 없었는데.

지나는 머리카락을 정리하며 커튼을 젖히다가 돌아선다.

야, 한밤중이잖아.

보라에게 잊을 수 없는 날들은 전부 거지 같은 날들뿐이다. 아무리 헤아려봐도 행복한 장면이 없다. 너에겐 있었니? 보라는 가끔 지나에게 그렇게도 묻고 싶었다. 우리는 언제나 동지라고 말했지만 우리가 과연 함께할 수 있는 종류의 인간들일까. 나는 그 사람이나 그 사람들, 그리고 너와는 진정 함께할 수 없는 인간이 아닐까. 나는 고향에 내려가서 고모와 사촌 동생들이나 아버지와 동네 사람들과 함께해야 하는 것이 아닐까. 지나가 답해주지 않아도 좋으니 묻고 싶었다.

몇 년 전 고모는 그렇게 말했다. 너는 우리와 함께해야한다고.

어쩐 일인지 마주 앉아 다정하게 고기를 구워주고 밑반찬을 정성스레 올려주는 고모의 모습이 낯설다. 휴대전화를 세 개나 쓰는 고모가 그것들을 번갈아 사용하며 통화를 할 때 말하는 '의원님'이 누구인지 알아챈 무렵이었다. 보라는 자신이 어디에 있는지 고모가 모르기를 바라는 것처럼 자신에게도 그녀의 이런저런 사생활을 간섭할 자격이 없다고 여겼다. 한심하거나 경멸스러운 마음도 혼자 간직하거나 가끔 친구들과 험담으로 풀어내면 그만이었다. 그런 문제들에 대해서 고모와 갈등할 심산이 애초에 보라에게는 없었다.

고모는 불판이 세 번 바뀌는 동안 계속 보라에게 먹기만을 권한다. 말끔한 불판 위에 다 타버린 고깃점이 수북하다. 고모는 샐러드를 뒤적이다 말을 꺼낸다. 이제 졸업하면 뭐 할 거니. 보통 4학년 2학기에 취업 결정 난다는데. 보라는 대답한다. 할 일 있어요. 고모가 보라의 머리를 쓰다듬는다. 너 공부 계속하고 싶다 하지 않았니. 대학원에 가야지. 보라는 놀라서 고모의 얼굴을 빤히 본다. 제가 어떻게 대학원에 가요. 집이 이렇게 되었는데. 보태지는 못해도 축내지는 말아야죠. 고모는 미소 지으며 말한다. 우리 오빠 딸이 이렇게 쓸데없이 철들어버린 거 안타깝구나. 고생을 모르고 살아야 하는데. 그 말을 듣는 보라의 눈시울이 젖어버린다. 보라는 입을 삐죽이며 젓가락을 내려

놓는다. 고모는 거듭 말한다. 대학원에 가. 네가 하고 싶은
거 마음껏 하고 살아. 고모가 도와줄게.

보라야, 너 무슨 고민 있니? 나 괜히 깨운 거 아니지?

지나는 헤어밴드를 두르며 다정하게 말한다. 지나는 한
번도 짜증을 낸 적이 없다. 웃지 않는 얼굴이 낯설 정도로
항상 밝은 표정이다. 보라는 불을 켠다. 애먼 형광등을 똑
바로 바라보는데 눈이 시리다. 지나는 보라의 허리를 감
싼다. 왜 그래? 무슨 일 있어? 허리에 감겨오는 팔과 등에
닿는 가슴의 촉감이 못 견디게 불쾌하다. 보라는 지나를
뿌리친다.

너는 왜, 네 생각만 하니?

지나의 표정이 굳어진다.

내가 뭘?

내가 못 자고 있는데, 너는 왜 편히 자? 꼭 그렇게 세상
모르고 속 편하다는 듯이 늘어지게 잠을 자야겠니?

다음번에는 지나가 널 꼭 데리고 오래. 얄궂게도 이제
와 자꾸 그런 말들만 떠오른다. 이거 지나가 너 갖다주란
다. 지나가 너한테 잘하래. 지나가 너랑 친해지고 싶대. 지

나가 너 요즘 무슨 일 있냐고 묻던데? 우리 집에 있어. 보라야. 자리 잡을 때까지. 친구인데 어떻게 모른 척하니. 보라의 트렁크를 들고 낑낑대며 앞장서던 지나의 모습이 자꾸 눈에 밟힌다.

그러나 한편으로는 또, 이런 말들도 떠오른다. 지나는 훌륭한 종자잖아. 너나 나하고는 다르지. 지나랑 함께 발제 준비해야 해서 오늘은 못 들어가. 하루 이틀 같이 밤새운 것도 아닌데 뭐가 어때서. 너 지금 우리를 의심하는 거니? 너 정말 한심한 종자구나.

지나는 한숨을 쉬며 보라를 노려본다.

왜 선배가 지긋지긋하다고 하면서 널 떠났는지 잘 알겠다. 나랑 살기 싫으면 나가. 네가 선택해. 나는 나가라고 한 적 없어.

그러면서도 지나는 옷장에서 보라의 점퍼를 꺼내 탈탈 털고 탈취제를 뿌린다. 오늘 일정 빡세니까 우리 싸운 거 티 내지 말고 조용히 잘하자. 보라는 점퍼를 받아 든다. 지나는 자신의 점퍼도 꺼내 탈탈 털고 탈취제를 뿌린다. 사이즈마저 똑같은 점퍼다. 보라와 지나는 함께 오피스텔을 나선다. 지나는 하품을 하며 택시를 잡는다. 지나는 보라를 돌아보며 새삼스레 묻는다. 같이 탈래? 보라는 대답하지 않는다. 그럼 먼저 갈게. 택시가 떠나고 점차 돌이킬 수 없는 지점으로 달려가고 있다는 것을 보라는 실감한다.

보라는 출근하는 사람들로 만원인 간선버스에 올라탄다. 버스는 종종 급정거하고 사람들과 부딪칠 때마다 보라는 지나를 생각한다. 일주일 후 그분이 당선된다면, 보라는 문득 이 사실이 자신의 삶에 어떤 영향을 미칠지 생각해보기 시작한다. 지나의 집에서 나간다면 어디로 가야 할까. 우리가 승리한다면, 나도 승리할 수 있을까. 나의 승리란 무얼까. 내가 바라는 건 머물 수 있는 공간과 꿈도 없이 편안한 잠뿐인데. 문득 보라는 선거운동복을 입고 혼자 나다니는 것이 처음이라는 사실을 깨닫는다. 항상 그들과 함께였고, 최소한 지나와 함께였다. 새삼 사람들의 시선이 부담스럽다. 보라는 고개를 숙인다. 당장 지나의 집으로 돌아가 침대에 눕고 싶다. 푹 잠들 수 있을 것 같다.

그러나 오늘도 보라는 지나와 다른 동지들과 함께한 길가에 서서 시민들에게 인사를 하고 구호를 외치고 율동을 할 것이다. 보라의 삶이 다른 곳에는 없었다. 보라는 그런 순간들을 사랑했다. 동지들과 함께 뜨거운 국밥을 먹으며 이야기할 때. 그들과 농담할 때. 그들과 모두가 함께 원하는 미래를 점쳐볼 때. 모두가 하나를 함께 원한다는 사실이 주는 희열이 뭔지 보라는 잘 알았고, 그들을 알기 전으로 돌아갈 수는 없었다. 그를 알기 전으로 돌아갈 수 없듯. 여전히 청년위원회에 남아 그를 기다리는 건 아닌지, 짓궂게 질문해오는 사람들도 있었다. 그런 까닭도 전혀 없다고 할 수는 없었지만 그것만은 아니었다. 어떤 계기로 시작했듯 이제는 보라의 삶 전부였다.

그들을 떠난다면 고모와 아버지가 의미하는 삶으로 꼼짝없이 끌려 들어가야 한다는 걸 보라는 무엇보다도 잘 알고 있었다. 고모가 제안한 대로 그 의원 사무실에 들어가서 그를 위해 일하는 것이다. 당분간만, 지금도 늦지 않았어, 고모는 늘 그런 식으로 말했다. 보라에게 그들을 떠나 고향으로 간다는 건 더 이상 그럴 수 없이 완벽한 낙향이었다.

아버지가 차라리 고모네 작은방 비키니 옷장 안에서 시체로 발견된다면 좋겠다.

보라는 그런 생각을 하는 자신에게 흠칫 놀라다 놀라기를 그만둔다. 자신의 부도덕에 일일이 놀라기도 지친다고 생각한다. 다시 코가 간지러워진다. 재채기가 터져 나오려는 것을 눌러 참으며 보라는 뭔가 잘못되어가는 중이라고 생각한다. 지나의 기분을 상하게 한 것이 문제일까. 급기야 지나가 살기 싫으면 나가라고 한 것이 문제일까. 새벽에 일어난 일이고 이미 지나가 혼자 택시를 타고 떠날 때 전부 실감한 것이다. 이런 삶에서조차 쫓겨날 수 있다는 것. 그러나 그게 전부가 아닌 것 같았다. 지금 자신이 미처 깨닫지 못한 더 큰 문제가 있는 것 같았다. 그게 뭔지 도통 생각나지 않았다. 뭔가 잘못되었다.

보라는 내릴 때가 되어서야 부재자투표 신청을 하지 못했다는 것을 알아차렸다.

다시, 나는 외톨이지만 모두들 한통속이다. 대합실 전광판에 뜬 지방 소도시의 이름을 보며 보라는 그렇게 생각한다. 고속철도 개통을 기뻐하던 고향 사람들을 생각하면 숨이 막힐 것 같다. 보라는 고향으로 가는 고속 열차를 이용해본 적 없다. 값비싼 고속 열차를 이용하든 그렇지 않든 집으로 가는 길은 멀기만 했다. 우리 모두의 승리입니다. 한심하기 짝이 없는 내용의 현수막이 나부끼던 기차역에 들어서면 남은 일은 고모네 집으로 가는 것뿐이었다.

수고들 많으십니다. 우리는 승리할 겁니다. 보라는 어깨를 두드리던 보좌관의 손길을 떠올렸다. 지나는 보라의 옆에서 꼬물거리며 문자를 보냈다. 보라야. 미안해. 내가 생각이 짧았어. 왜 소라무침 레시피를 보고 화를 냈는지 그 이유, 이제야 기억났어. 그래도, 서운한 게 있다면 돌려 말하지 말고 분명하게 말해줬으면 좋겠다. 지나는 돌아보는 보라에게 멋쩍은 듯 웃어 보였다. 나는 너에게 다시 한번 기회를 주고 있어. 마치 그렇게 말하는 듯. 보라는 돌아가고 싶다고 생각했다. 사무실로, 그들의 곁으로, 지나가 손수 마련해준 자신의 1.5평 공간으로. 디데이였다. 원래대로라면 투표참관인이 되어 지나와 함께 바쁘게 움직여야 했다. 그러나 보라는 고향에 내려가는 쪽을 택했다. 선택의 여지가 없었다. 이제 그들과 함께하는 미래를 그려보는 일에 자신이 없었다. 이 도시에서 보라에게는 투표권조차 없었다. 어쨌거나 지나의 곁에 머무는 것은 언제나 조바심 나는 일이었다. 서울에서 우물쭈물하는 동안 고모로부터 은밀하게 유용 내지 전용될지도 모르는 자신의 미래를 생각하는 일에 보라는 지쳐버렸다.

너도 이제 그만 선배를 이해해줘. 각자의 선택을 존중해야 하잖아. 하나는 전체를 위한 거지만 전체가 하나를 위한 것이기도 하니까. 지나는 항상 입바른 소리를 지껄인다, 고 보라는 눈을 감고 생각한다. 나는 생래적으로 부친살해의 욕망조차 박탈되어 있잖아. 민주화에 투신한 부모를 어떻게 존경하지 않을 수 있겠어. 하지만 차라리 아버지를 미워했으면 좋겠다고. 네가 너희 고모 욕하는 것처럼 꼴보수 노인네라고 하면서. 아버지는 누구에게나 카프카의 아버지인데 내게는 아버지를 미워할 당위조차 없으니 억울하지 않니? 지나의 말과 함께 창밖 풍경이 빠르게 멀어진다. 우리는 결코 우리일 수 없었다. 보라는 애써 잊고 있던 장면 하나를 불러온다. 그해 여름, 우리는 함께 걸었고 같은 구호를 외치고 있었다. 보라의 곁에는 그가 있고 돌아보면 지나가 있다. 그러나 지나는 틈만 나면 돌아보는 보라를 대놓고 외면한다. 행렬의 밀도가 낮아질 때마다 보라는 긴장을 풀고 생각한다. 내게 상처를 준 건 너희들이잖아. 보라의 상상 속에서 언제나 지나는 그의 은밀한 연인이다. 그들은 그토록 보라를 기만하는 중이다. 그런데도 그들은 보라와 보폭을 맞추어 걷고 같은 내용의 구호를 외치고 있다.

언젠가 그를 만난다면 보라는 묻고 싶었다. 지나와 무슨 관계였느냐고, 너희들이 진짜 나를 기만한 게 맞느냐고. 그러나 지나를 떠나는 지금 보라는 다른 것이 궁금하다. 기억 속에서 언제나와 같이 청년위원회 사무실에서 난동을 피우는 그를 붙잡아 세우고 보라는 가만히 묻는다.

선배는 왜, 사람들을 화나게 해요?

작가 노트

나는 두 여자가 등장하는 이야기에 내내 사로잡혀 있다. 이 소설을 쓰면서는 쓰쓰미 유키히코 감독의 「투엘디케이2LDK, 2002」를 많이 떠올렸다. 그 영화에서는 두 여자가 서로를 시원하게 찔러 죽인다.

그렇다고 해서 사랑도 미움도 '두 여자' 사이에서만 가능하다고 생각하지는 않는다. 일부러 남성들을 배제할 수 있는 현실의 재현 따위는 불가하리라고 생각하며, 그런 게 페미니즘이라고 생각하지도 않는다. 사실 내가 배우고 위안을 얻은 페미니즘과 내 소설은 매우 다른 길을 걷고 있다. 그 때문에 어떤 여성 독자들은 내 소설을 읽고 불유쾌함, 불편함을 느낀다고 했다. 그리고 나는 그 사실을 인정한다.

그러나 소설은 내가 아는 바 겪은 바를 훌쩍 넘어선다는 것, 그리하여 불온하고 파편적이고 정치적으로 올바르지 못한 것이 (나의) 소설이라는 것을, 나는 유일한 정당화로 삼고 있는지도 모른다. 종종 나는 내가 쓰는 여자들의 이야기가 나쁘다고 생각한다. 현실과 이야기가 끊임없이 길항하는 가운데, 내가 옳다고 느끼는 것과 나를 매혹하는 것이 때로 다르다고 생각한다. 다만 아직은 그 다름을 써보고 싶다.

김
현

유미의 기분

2009년 《작가세계》 신인상에 시 「블로우잡Blow Job」 등이 당선되어 작품 활동을 시작했다. 시집 『글로리홀』 『입술을 열면』 산문집 『걱정 말고 다녀와』 『아무튼, 스웨터』 『질문 있습니다』 『당신의 슬픔을 훔칠게요』 등이 있다. 2015년 김준성문학상, 2018년 신동엽문학상 등을 수상했다.

형석은 기분이 나빴다.

유미를 생각할수록 입이 썼다. 잠을 설쳤다. 유미가 꿈에 나왔다. 꿈의 유미는 모범생이었고, 청소년이었고, 여자였다. 그 유미가 형석이 알던 유미였다. 유미가 나에게 왜 그랬을까. 유미는 그런 표정, 그런 말투, 그런 유미를 어디서 배운 걸까. 형석은 잠자리에서 일어나 휴대폰을 확인하고, 화장실에 다녀오고, 물을 마시고, 전자 담배를 입에 물고 그런 유미를 곱씹다가 엉뚱한 곳으로 생각이 뻗쳐서 승우에게 텔레그램 메시지를 보내려다 말고 오늘은 그런 유미를 생각하지 않기로 했다.

별일 아니야, 승우에게 말했지만 유별난 일이었다. 아무리 이해해보려 해도 유미의 언행은 형석 자신의 의도와는 무관한 것이었다. 형석은 유미의 생각을 생각했다. 유미는 진지했다. 진지함에 사로잡혀 있었다. 혼자서. 혼자만의 진지함을 망상이라 부르지 않나. 형석은 웃어야 할 때와 말아야 할 때를 구분하지 못하는 진지한 유미에게 언제나 상냥했으므로 불쑥 되뇌었다. 너는 학생이고, 나는 선생이야. 형석은 유미를 유미답게 만드는 게 무엇인지 하염없이 헤아려봤다. 그럴 만한 일인가. 등받이에 등을 대지 않고 허리를 세워 항상 바른 자세를 유지하는 유미를 볼 때마다 저것은 가정교육의 영향이다, 유미의 꼿꼿한 부모를 칭찬하던 형석이었다. 그런 바른 유미가, 바르던 유미가.

뻣뻣한 년.

형석이 유미를 다시 보게 된 건 지난 금요일 수업에서였다.

주말과 대체공휴일이 이어지는 연휴를 앞두고 있어서 학생도 선생도 들뜨긴 마찬가지였다. 수업을 15분 정도 남겨두고 형석은 드라마 얘기를 꺼냈다. 케이블 드라마치고는 이례적인 시청률을 기록하며 국민 드라마로 불리는 작품이었는데, 출생의 비밀과 음모와 배신과 죄와 벌과 화해와 용서가 드라마의 주된 내용이어서 한 번 보나 두 번 보나 몇 번은 본 듯한 드라마였다.

텔레비전을 즐겨 보지 않는 형석이 그 드라마를 찾아본 건 승우 때문이었다. 승우는 배우 송옥숙을 좋아했고, 송옥숙이 그 드라마의 주인공이었으며, 자신의 디바 송옥숙이 화가 치밀어 오를 때마다 책상이든 밥상이든 가리지 않고 두 손으로 쓸어버리는 장면이 그렇게 통쾌할 수 없다고 승우는 열에 들떠 말했다. 얼마 전 방송에선 남편의 외도 사실을 알게 된 송옥숙이 모욕은 모욕으로 갚는 거야, 라며 남편의 친구인 김창완을 유혹하기 위해 얼굴에 점을 찍는 장면이 나왔는데 그게 그렇게 '줌마크러시'였다고 했다. 이제 송옥숙의 인생 드라마는 「언니의 바다」가 아니라 「내 여자의 화신」이라고, 너도 분명 좋아할 거라고 승우는 형석에게 드라마 시청을 적극적으로 권유했다.

과연, 드라마는 세르세이 라니스터를 좋아하는 형석에게 안성맞춤이었다. 승우의 말마따나 송옥숙이 언제 또 쓸어버리나, 하고 다음 장면을 기다리게 하는 재미가 있었다. 형석은 십년지기 친구가 오랜 세월 동안 성숙과 변질의 과정도 없이 이토록 한결같은 취향을 고수하고 있음에 감탄했다. 승우의 천연덕스러운 끼를 형석은 부끄러워했고 부러워했으나 승우의 선택은 실패한 적이 없었다.

형석이 드라마 얘기를 꺼내자 학생 몇몇이 왜 우린 이렇게 만나서, 하고 드라마의 주제곡을 따라 불렀다. 민홍기! 하고 이제는 유행어가 된 이름을 격앙된 목소리로 외치기도 했다. 형석은 분위기에 힘입어 한참 드라마에 관해 이야기했다. 송옥숙의 복수가 어떻게 이어질지 예상하는 가운데 유미가 손을 들었다.

—선생님, 그 말씀 책임질 수 있으세요?

—무슨 말?

—한은세가 먼저 꼬리 쳤다는 얘기요.

—어?

—여자는 꼬리가 아홉이라서 꼬리를 잘 친다는 얘기요.

—아, 그건, 다 같이 웃자고 한 얘기지.

—저는 안 웃었는데요.

형석은 당황한 얼굴로 유미를 쳐다보다가 멋쩍어하며 교실을 둘러봤다. 얼굴에 피가 몰려 화끈거리는 게 느껴졌다. 모두가 형석을 보고 있었다. 몇몇이 키득거렸고, 수군거렸고, 인상을 찌푸렸다. 유미 때문에 키득거리고, 수군거리고, 인상을 찌푸린다고 형석은 애써 생각했다. 그때였다. 쌤, 쟤 메갈이에요, 하고 한 남학생이 외쳤다. 환호와 야유가 뒤섞여 교실을 메웠다. 형석은 그제야 유미를 똑바로 봤다.

그래, 유미야, 쌤이 취소할게. 너 때문에 분위기 이상해졌잖아, 형석이 나긋나긋하게 말하자 어디선가 포스트잇충, 이라는 목소리가 들려왔다. 형석은 소리가 들려온 곳으로 시선을 옮겼다가 유미를 다시 봤다. 유미는 예의 꼿꼿한 자세로 눈을 내리깔고 있었다. 유미는 깊은 숨을 내쉬었다. 형석은 유미의 숨이 빠져나가는 소리를 들었다는 기분이 들었다. 유미는 교과서를 한 장씩 넘겼다. 아무 소리도 들리지 않았고, 아무런 일도 벌어지지 않았다는 듯 평온했다. 할 말을 했다는 듯이. 애초에 대답을 기대하지 않았다는 듯이.

마침 수업이 끝난 옆 반 학생들이 복도로 우르르 몰려나와 떠드는 소리가 들렸다. 형석은, 평소에 나이스 가이로 불리던 형석의 기분은 전혀 나이스하지 않았다. 나이스하게 시계를 보고 있네, 형석은 유미를 향해 서서 낮은 목소리로 15분 전까진 생각지도 않았던 과제를 학생들에게 내주었다. 아이들이 탄성을 내뱉으며 책상을 두드렸다. 한두 명의 학생이 유미에게로 고개를 돌리자 형석은 수업 끝이라고 말하곤 문 쪽으로 몸을 돌렸다. 형석이 교실을 막 빠져나가려는데 누군가가 야, 쩔어, 하고 외쳤고, 웃음 소리가 들렸다. 형석은 보지도 않고 그 웃음의 주인이 유미임을 확신했다.

난데없는 봄 더위에 아침부터 공기가 뜨거웠다. 형석은 샤워를 마치고 나와 화장대 앞에 앉았다. 화장 솜에 토너를 덜어 얼굴을 닦아 내다 말고 승우에게 전화했다. 통화 연결음이 몇 번 반복됐다. 또 한 소리 듣겠군, 형석이 전화를 끊으려고 할 때였다.

—미쳤냐? 승우가 전화를 받자마자 꽉 잠긴 목소리로 말했다.

—토요일 아침엔 네가 죽거나 내가 죽어야 전화하는 거 랬지.

—어차피 지금 일어나서 준비해야 하잖아.

—그러니까 네가 미친년이지. 어차피 세 시간 있으면 볼 사람한테 왜 전활 하냐고.

—오늘…….

—뭐?

—아니 오늘 여행 취소할까 어쩔까……. 형석이 말끝을 흐리거나 말거나 승우가 소리쳤다.

—미친년아. 몇 번 말해. 지금 취소하면 환불도 못 받는 다니까.

—야, 너 그 년 소리 좀 그만해. 요즘 시대가 어느 시댄데.

—게이들이 핍박받는 시대다. 미친년아. 됐고. 시간 맞춰 와.

—야, 근데 걘 나한테 왜 그랬을까?

—또 그 얘기야? 언니, 정신 상담은 이따 하자. 끊어.

형석은 휴대폰을 내려놓고 거울에 비친 자신을 보았다. 삼십 대 후반치고는 관리를 잘해서 제 나이처럼 보이지 않는 얼굴이었다. 얼굴뿐인가. 어디서든 앞뒤가 꽉 막힌 타입은 아니며 아재랑은 거리가 멀다 소릴 듣는 이가 거울 속에 있었다. 살아온 얼굴에 책임을 질 줄 아는 사람이 되는 것이 노년의 소망인 형석이었다. 그런 형석이 어째서 시답잖은 농담 하나로 이런 모욕적인 기분을 느껴야 하는지, 형석은 유미에게 말해주고 싶었다. 유미야, 너의 적은 내가 아니라 입만 열면 여자는, 하고 말하는 김 선생이고, 틈만 나면 철자로 허벅지나 종아리를 건드리는 홍 선생이야, 나는 그런 놈들이랑은 근본적으로 다른 사람이라고. 형석은 화장대를 쓸어버릴까, 하다가 손바닥에 로션을 덜어 쓱 비빈 후에 볼과 이마와 턱을 꾹꾹 눌렀다. 형석은 승우와의 첫 여행이 이토록 엉망진창이 된 것에 대해 유미에게 책임을 묻고 싶었다. 유미야, 너 그 말 책임질 수 있어? 무슨 말이요? 형석은 혼자서 대답해보려고 했지만 답하지 못했다. 유미가 책임져야 할 말은 무슨 말인 걸까. 자신이 책임져야 할 말과 유미가 책임져야 할 말의 무게는 같은 걸까, 다른 걸까. 형석은 생각지도 않게 거울 앞에 오래 앉아 있었다.

　—쌤, 한 방 먹었다면서요.
　수업을 마치고 교무실로 들어온 체육 선생 주채린이 형석의 자리를 지나쳐가며 해맑게 말했다. 채린은 형석이 어리둥절한 표정을 지어 보이자 형석에게 다시 다가왔다.

　—그니까 애들한테 틈을 보이면 안 돼요. 요즘 여자애들 무서워요. 뭐 하나 걸리기만 해봐라, 아주 눈에 불을 켜고 있다고요. 예쁘다 해도 문제, 안 예쁘다 해도 문제. 살이 빠졌다고 해도 문제, 살이 쪘다고 해도 문제. 여자애들 때문에 남자애들이 기를 못 펴잖아요. 같은 여자지만 저도 가끔 잘 모르겠더라고요. 우리 때랑 또 달라요.

　형석은 우리 때, 라는 채린의 말을 곱씹다가 별달리 대꾸할 말이 없어서 건성으로 고개를 주억거렸다.

　—그렇게 맨날 사람 좋은 얼굴을 하니까 애들이 만만하게 보잖아요.

　채린이 묘하게 미소를 지어 보이곤 자기 자리로 갔다. 사람 좋은 채린이 사람은 좋기만 해선 안 된다고 말하는 게 의아해서 형석은 채린의 얼굴을 살폈다. 만만한 얼굴과 만만하지 않은 얼굴을 어떻게 구분할 수 있을까. 만만했던 얼굴이 만만해지지 않고, 만만하지 않았던 얼굴이 만만해지는 건 언제부터일까. 채린이 자신의 책상 위에 놓인 서류를 들어 올려 보더니 일순 무표정이 되어 책상 앞에 앉았다. 형석은 언젠가 한 회식 자리에서 왜 잔무 처리는 여자 선생님들이 다 하냐고요, 라고 말하던 채린의 얼굴을 자신이 만만하게 보았는지 돌이켜보았다. 만만했을 것이다. 형석은 지난주 홈커밍데이에서 만났던 석영 선배와 윤태를 떠올렸다.

비슷한 시기에 결혼하고 애까지 낳은지라 석영과 윤태는 죽이 잘 맞았다. 다시 태어나면 결혼은 안 한다, 애는 안 낳는다, 하고 싶고, 되돌리고 싶은 일에 관한 말을 한 시간이 넘게 주거니 받거니 했다. 형석 혼자 중간에서 멀뚱멀뚱했다. 석영이 형석에게 관심을 보인 건 윤태가 결혼을 해도 애인은 하나쯤 있어야 한다고 말을 꺼내면서였다.

—형석아. 석영이 반쯤 풀린 눈으로 형석의 어깨에 팔을 둘렀다.

—네.

—너 애인은 있다고 했냐?

—아니요.

—왜?

—뭐 그냥 바쁘기도 하고 피곤하기도 하고…….

—야, 남자가 여자랑 할 힘이 없으면 끝난 거나 마찬가지다. 석영이 윤태를 보면서 말하자 윤태가 말을 이었다.

—형이 또 상남자지. 하고 또 하잖아.

　—옛날 일이다. 형석아, 세울 수 있을 때 즐겨라.

　—선배, 형석이 저거 사람만 좋지 남자구실도 못 해요. 했단 소릴 들어본 적이 없어. 윤태가 실실 쪼개며 형석을 보았다.

　—오늘 좋은 데 한번 갈까.

　석영이 형석의 어깨를 자기 쪽으로 끌어당기더니 한쪽 눈을 찡긋했다. 윤태가 석영의 빈 잔에 술을 따랐다. 화제를 돌리기 위해 형석이 잔을 들며 한잔하세요, 라고 말하자 윤태가 형석의 잔에 자신의 잔을 부딪치며 대뜸 말했다.

　—야, 너 남자 좋아하냐?

　—뭐?

　—너, 똥꼬충이냐고. 윤태가 야릇한 표정을 지어 보였다.

　—아이씨 드럽게. 미쳤냐. 술이나 처마셔. 새끼야. 형석이 대꾸하며 술을 마셨다. 아님 아닌 거지 깨끗한 새끼, 하고 윤태가 히죽대며 고개를 뒤로 젖혔다. 빈 잔을 내려놓았다.

　—야, 똥꼬충이 웬 말이냐. 이렇게 얌전하게 생긴 애들이 뒤론 존나 밝혀. 한번 성나면 죽질 않아요, 이런 애들이. 요

즘 고삐리들 발육이 좋지? 육변기로 좋아, 고등어들이.

석영과 윤태가 누가 먼저랄 것도 없이 큰 웃음을 터뜨렸다. 형석은 웃지 않았다. 석영이 술병을 들어 빈 잔을 채웠고, 세 사람은 건배를 외치며 술잔을 부딪쳤다. 윤태가 형석에게 물었다.

—여자 후배들이랑은 연락 좀 하냐?

—그냥, 몇 명.

—야, 너 학교 다닐 때 몇 명이나 따먹었냐? 너 여자 후배들이랑 존나 붙어 다녔잖아.

—그랬어? 석영이 반색하며 끼어들었다.

—뭐래, 그냥 친했던 거지. 형석이 시큰둥하게 대꾸하자 윤태가 턱을 괴며 몸을 테이블 앞으로 당겨 앉았다.

—좆까. 네가 말해주면 나도 말해줄게. 형, 형이 솔선수범 좀 해봐요.

형석은 다른 테이블을 둘러보고 윤태와 석영을 번갈아 보다가 석영이 하는 말을 들었다. 저게 말인가, 저걸 말이라고 부를 수 있을까, 형석은 생각했고, 동기와 선배와 후배를 넘나들며 자랑삼아 썰을 푸는 석영과 그게 사실인지 아닌지 알 필요도 없다는 듯이 맞장구를 치는 윤태와 그러거나 말거나 듣고 있는 자신이 모두 같은 학교, 같은 과라는 사실을 누군가가 좀 알아주었으면 싶었다.

동창회나 결혼식, 장례식이 아니면 두 번 다시 볼 일 없는 세 사람이 그때도, 지금도 만만히 여긴 건 누구였을까. 스스로를 만만하게 여기기 시작하면 남들도 만만하게 보게 된다, 형석은 오래전에 헤어진 애인에게서 들었던 말을 생각했다. 형석은 채린의 자리로 가서 물었다.

—근데 채린 쌤 그 얘긴 유미한테 들으셨어요?

—네?

—그 드라마 얘기요.

—아, 뭐 그건 아니고…….

형석이 정색하며 묻자 채린은 말을 얼버무렸다. 채린의 반응을 보며 형석은 자신의 물음이 터무니없었다는 것을 깨달았다. 웃어넘기면 될 일을. 형석은 교무실을 나와 복도를 걸었다. 유미는 왜 아무것도 아닌 얘기를, 웃고 지나가면 그만인 얘기를 사람들에게 말하고 다니는 걸까. 형석은 유미가 만만한 채린에게뿐만 아니라 만만한 미술 시간에, 만만한 음악 시간에, 만만한 국어 시간에 있었던 일을 증언하는 모습을 상상했다. 유미가 진짜로 원하는 게 뭘까.

형석은 형석이 알고 있던 유미가 아니라, 형석이 바라던 유미가 아니라 유미에게 있어서의 유미를 궁리해보았다. 모범생도 아니고, 청소년도 아닌 유미를. 유미는 석영이나 윤태와는 달랐다. 채린이나 형석 자신과도 같지 않았다. 우리 때와 달랐다. 형석은 비로소 유미를 주체적인 인간으로 보았다. 여자라는 이유로, 유미가 벌인 일이 있었다.

기차역은 휴일에 맞춰 여행을 떠나는 사람들로 북적였다. 형석은 대합실에서 약속 시간보다 10분 정도 늦을 것 같다는 승우를 15분 넘게 기다리며 앉아 있었다. 평소와 다를 바가 없었지만, 이상하게도 형석은 게이 타임이니 어쩌니 떠들어댈 게 분명한 승우와 자신이 어쩌다 친해졌는지, 승우와 처음으로 만났던 2007년의 청계천 베를린광장을 떠올렸다.

퀴어문화축제가 한창이었다. 존 캐머런 미첼이 축제 메인 차량에 올라와 뉴욕의 퀴어 퍼레이드는 이미 너무 상업화가 되었다며 하품하는 제스처를 해보일 때였다. 저기요, 죄송한데요, 저 사람 누구예요, 하고 한 남자가 말을 걸어왔다. 승우였다. 그때는 지금처럼 '건장의 세계'로 진입하기 전이어서 적당한 키에, 적당한 무게에, 적당한 얼굴에, 적당한 끼를 장착한 '보통 게이'였다. 작업인가, 하고 형석이 보통의 게이처럼 상황 파악을 위해 머뭇거리자 승우는 왼손 검지로 검은색 뿔테 안경을 콧등 위로 올리며 제가 지금 막 와서요, 저 사람이 무슨 말만 하면 다들 소릴 지르는데, 연예인이에요? 하고 다시 물어왔다.

—감독이에요. 「헤드윅」이라고 알아요?

—알아요, 알아요. 사랑이 원래 하나였다는 거. 형석은 웃었다.

승우는 진지했다. 형석은 누구에게도 들어본 적 없는 한 줄의 영화 얘기가, 승우의 어수룩한 진지함이 마음에 들어서 형석에게 혼자 오셨어요? 하고 물었다. 승우가 보통의 게이처럼 잠시 머뭇거렸다. 네, 하고 대답했다.

—저는 이따가 친구들과 합류하기로 했는데, 같이 걸을래요? 형석은 그저 묻고 답하는 것으로 끝낼 수도 있는 인연을 이어가 보기로 했다.

—부담되시면 안 그러셔도 되고요.

—아니에요. 같이 걸어요.

두 사람은 우정을 시작하는 사람들이 대개 그렇듯 서로

를 향해 먼저 멋쩍은 웃음을 지어 보였다. 형석과 승우는 을지로에 울려 퍼지는 「사랑의 기원」을 함께 들었다. 공연을 위해 한국인 개인교수를 두고 노래 연습을 했다는 존 캐머런 미첼이 자장노래를 짜장노래, 라고 발음하자 같이 웃었고, 「섬집 아기」를 떼창하는 사람들 속에서 같이 소리 질렀다. 그리고 「차가운 도시」가 흐를 때, 무지개 깃발이 펄럭일 때, 빨간 풍선 하나가 하늘로 떠오를 때 형석은 승우가 손등으로 눈가를 훔치는 걸 보았다. 그런 승우를 보며 형석은 어떻게 저렇게 보통의 게이일까, 생각하며 두 손을 들어 좌우로 흔들었다. 승우도 두 손을 들었다. 모든 것이 우연에 힘입은 것이었다. 우연은 얼마나 무섭고 신비로운가. 두 사람은 그날 밤 종로의 한 골목에서 우연히 정체 모를 남성들을 마주했고, 그들이 들고 있던 각목에 맞아 피를 흘렸다.

'그랬던 우리가…….'

형석은 이제 노래방에서 샤크라의 「끝」을 선곡하는 데 주저함이 없는 승우를, 'CK' 인생을 청산하고 '딥티크'로 탈바꿈하겠다는 승우를, 낮에는 조신하게 자동차를 정비하고 저녁에는 퀴어문화축제 기획단에서 묵은 끼를 푸는 승우를, 하루에도 열두 번씩 사랑이니 꿈이니 질병이니 하며 인생을 논하는 승우를, 기다렸다. 형석은 승우에게 할 말이 있었다.

―야!

승우였다.

―왜 멍때리고 있어?

―죽을래?

―여기, 커피.

승우가 플라스틱 텀블러에 든 차가운 커피를 형석에게 건넸다.

―내가 이거 타 오느라 늦었지.

―가자. 시간 다 됐어.

형석은 능청스러운 표정을 짓고 있는 승우를 재촉하며 덧붙였다.

―얼굴 뭐냐, 강시냐?

―아침부터 언피씨하네.

형석은 승우의 말을 듣고 순간 멍해졌다. 성큼성큼 플랫폼을 향해 걸어가는 승우의 뒤를 따랐다. 두 다리가 자동반사적으로 움직이는 게 아닌가 싶을 정도로 형석은 무의

식적으로 걸음을 옮기고 있었다. 마치 자신이 아니라 자기 안의 다른 이가 걷는 것처럼. 형석은 자신이 내뱉은 말이 낯설게 느껴졌다. 말이 말이 되게 하는 것은 무엇일까. 자신도 모르게 그냥 하는 말이란 존재하지 않는다. 그냥 하는 말이 자신의 말일 뿐. 형석은 승우가 그냥 하지 않은 말을 자신이 그냥 했던 말에 포개어보았다. 계단이 나타났다.

'우리는 거짓말을 하지 않는다'

포스트잇을 처음 발견한 건 수학 선생 김강훈이었다. 그는 1층 교사 화장실 옆벽에 붙어 있던 종이 한 장을 대수롭지 않게 여겼다. 쓱 보고 지나쳤다. 소변을 보고 손을 닦지 않은 채로 나와 수업에 들어갔다. 다음으로 포스트잇을 발견한 건 2학년 3반의 최미희였다. 1층에서 2층으로 올라가는 계단 벽면에 붙은 포스트잇을 발견한 최미희는 거기에 적힌 '내가 입술로 인공호흡 해줄까?'라는 문장을 보자마자 '독개구리'로 불리는 홍남민 선생을 떠올렸다. 홍남민이 수업 시간마다 내뱉는 혐오 발언을 모아서 책으로 내면 열 권도 넘겠다고 생각하던 최미희였다. 그런 이유로 최미희는 홍남민 선생이 담임을 맡은 교실 벽에 '예쁜 학생이 내 무릎에 앉으면 수행평가 만점 준다'라고 적힌 포스트잇을 붙여놓았다. 다행인지 불행인지 홍남민은 그 종이 한 장을 보지 못했다. 그것을 본 건 그 반의 한승후였다. 한승후는 '예쁜 학생이 내 무릎에 앉으면 수행평가 만점 준다'라는 문장을 보자마자 해병대 출신임을 자랑으로 여기는 영어 선생 최호찬을 떠올렸다. 한승후는 포스트잇에 '동성애는 정신병이다'라고 적어서 최호찬이 몰고 다니는 차에 붙여놓으면 어떨까 생각했지만, 실행에 옮기지 못했다. 그때까지도 세 장의 포스트잇은 누구의 주목도 받지 않은 채 벽에 붙어 있었다.

그리고 마침내 세 장의 포스트잇은 모두의 눈에 띄었다.

누군가가 2층 복도의 한쪽 벽면을 수십 장의 포스트잇으로 채워 놓은 것이었다.

우리는 거짓말을 하지 않는다, 내가 입술로 인공호흡 해줄까? 예쁜 학생이 내 무릎에 앉으면 수행평가 만점 준다, 얼굴이 사과같이 빨개서 따먹고 싶다, 고년 몸매 예쁘네, 엉덩이도 크네, 고등학교 가면 성관계를 맺자, 내가 열 달 동안 생리 안 하게 해줘? 정관수술해서 너희와 성관계해도 임신 안 해, 괜찮아, 화장실 가서 옷 벗고 기다리면 점수 잘 줄게, 낙태천국 김밥천국, 가슴은 만질수록 커지니 나중에 남자 친구 생기면 부탁해라, 여자들을 성폭행하고 싶다는 생각을 한다. 그러나 그 행동을 실천하지 않으니 나는 나쁘지 않다, 니들은 머리도 안 좋고 얼굴도 안 되니까 강남 나가요도 못 한다, 열 달 동안 배부르게 해줄까, 연예인 하다 안 되면 장자연처럼 된다…….

그 종이 한 장 한 장은, 학생 한 사람 한 사람에게, 한 놈 한 놈을 떠올리게 했다. 그 노랗고 작은 것들이, 그 보잘것없는 종이 쪼가리가 한데 모이자 크고 넓고 거대한 것이 이루어졌다. 많은 여학생들이 포스트잇으로 이루어진 그 네모난 세계에 연결됐다. 그것이 마치 자유로의 입구라도 되는 양 환호했다. 또한 많은 남학생들이 포스트잇으로 이루어진 그 정체불명의 세계에서 눈을 돌렸다. 그것이 마치 자신들의 내면으로 향하는 입구라도 되는 양 헐, 존나, 대박, 메갈, 꼴펨, 진지충이라는 말을 내뱉고 사라졌다. 오직 그런 말을 들어본 사람만이 거기 남아서 손가락으로 포스트잇을 가리키며 말했다.

—국어
—수학

—체육

—영어

국어와 수학과 체육과 영어, 선생들이 2층으로 몰려와 포스트잇을 모두 떼어 가기 전까지 소동은 한동안 계속됐다. 이후 교감 주재로 긴급회의가 열렸고, 학생들에게 입단속을 시켰고, 선생들은 쉬쉬하며 포스트잇으로 '장난친' 사람을 찾기 시작했다. 그러나 그들이 애쓰기도 전에 곧 그 포스트잇 투사—여학생들 사이에서 불리기 시작한 별명이었다—의 정체가 밝혀졌다. 이틀 뒤 교문 앞에 우리는 거짓말을 하지 않는다, 라는 제목의 대자보가 붙었다. 이름이 있었다. 유미였다.

이후 유미에게 벌어진 일은 오직 유미만이 말할 수 있다.

결국 교사들은 '교직원 일동'이라는 이름으로 사과문을 작성했고, 이를 유미의 대자보가 붙었던 자리에, 유미의 대자보가 떼어진 자리에 붙여두었다. 학교에서는 재발 방지를 위한 노력도 약속했다. 그 일을 오래 기억하려는 이들이 있었고, 그 일을 서둘러 잊으려는 이들이 있었다. 가해 교사로 지목된 이들은 사과 한마디 없이 전근 갔다. 너희 이걸로 또 미투할 거 아니지, 미투 때문에 아무 말도 못 하겠다고 말하는 교사들이 여전히 그곳에 남아 있었고, '학교 다니기 쪽팔린다 페미들아'라는 전단이 뿌려졌다. 전단에는 '남학생 일동'이라고 적혀 있었다.

그래도 유미는 살아 있었다.

열차에 오르자마자 형석과 승우는 비몽사몽으로 한 시간을 보낸 후에 정신을 차렸다. 강릉에 도착하면 예약해둔 숙소에 짐을 먼저 풀고 초당순두부집에 들러 늦은 점심을 해결한 후에 공연장 근처로 가서 커피를 마시고 공연을 보기로 했다. 일박 이일 일정이니까 시간을 허투루 보내면 안 된다고 말한 것은 승우였으나 계획 대부분은 형석이 짰고, 형석의 계획을 보고 꼭 가야 할 곳과 가지 않아도 될 곳을 다시 정한 건 승우였다. 형석은 승우의 계획성 있는 무계획을 가만히 듣고 있다가 승우에게 할 말을 해야겠다는 생각이 들어서 에둘러 말을 꺼냈다.

—서울에서도 못 본 지보이스 공연을 강릉까지 와서 보게 되다니.

—즐겨. 내가 이거 맞춰서 계획 짠 거니까.

―연수 씨도 공연 멤버로 오는 거야?

―그렇겠지.

―그렇겠지는 뭐야, 연락 안 해봤어?

―답답한 애야, 걔도.

―왜?

―그 군바리랑 결국엔 만난단다.

―직업군인이라고 했던 사람?

―어, 환장하지. 자기 나이가 몇인데 어린앨 거둬 키워, 키우길. 연하남 키우기는 이십 대까지지.

―착한 사람이라고 하지 않았나?

―썸 탈 때 나쁜 인간도 있냐? 우리 엄마는 좋아서 결혼한 놈한테 30년을 맞으며 살다가 헤어졌어.

―연수 씨한테 뭐 다른 얘기 들었어?

―술만 마시면 개가 된대. 뜯어고치며 산단다. 지 무덤 지가 파는 거지. 꼴 보기 싫어서 연락도 안 해.

―연수 씨도 참 한결같다.

―너는?

―나?

―어, 너.

—나 뭐?

—학교에 이상한 애 하나 있다며?

—아, 유미. 이상한 건 아니고……. 쓸데없이 진지하달까? 괜한 거로 트집 잡는 사람 있잖아.

—근데, 나 어제 네가 보낸 메시지를 보면서 생각을 좀 해봤는데, 간단하더라고. 네가 사과를 하면 돼.

—내가?

—어.

—내가 왜?

—네가 잘못했잖아.

—내가?

—어.

—내가 뭘 잘못해? 웃자고 한 얘긴데.

—안 웃었다며. 안 웃기다고 했다며. 상대방이 안 웃었으니까 사과하는 거지. 그게 죄야. 너만 웃은 거. 걔만 빼고 다 웃은 거. 내가 얘기 안 해줬나? 내가 6년을 남중, 남고를 다녔잖아. 근데 고3 때 우리 반에 김철민이라는 애가 있었거든. 별명이 미스 김. 어떤 앤지 뻔하지. 어느 날 야간 자율학습 끝나고 가는 길에 걔가 나한테 편지를 건네

주는 거야. 식겁했지. 그땐 벽장 게이였으니까. 아웃팅당할 거 같고 막 그랬어. 남들이 보면 어쩌나 싶어서 걔한테 뭐라 말도 못 걸고 편지만 받고 돌아섰지. 집으로 오는데 너무 떨리더라고. 이게 뭔가. 무슨 편진가. 고백하려는 건가. 오만 생각이 들더라. 집에 들어서자마자 뜯어 봤지. 근데 거기 뭐라고 적혀 있었는 줄 알아? 자기 놀리고 괴롭힌 새끼들한테는 사과 같은 거 받고 싶지 않은데, 나한테는 사과를 받고 싶대. 나는 자길 놀리지도 않고 괴롭히지도 않고 오히려 잘 대해줬는데 그래서 사괄 받고 싶다는 거야. 걔들이 자길 놀리고 비웃을 때 나도 같이 웃었다고. 나는 사과를 할 자격이 있다는 거야. 다른 새끼들은 사과할 자격도 없는데 나는 있대. 그게…… 처음엔 미친 새끼네 싶었는데 편질 다 읽고 나니까 눈물이 나더라고. 김철민 그 애가 다 알고 있는 거 같더라고. 내가 게이인 걸. 아, 이 편지는 나한테 사과를 하라는 거고, 내가 누군가에게 사과를 받을 자격이 있다고 말해주는 거구나, 알겠더라고. 사과할 자격이 있는 사람, 그 말이 용기를 주더라고.

　　—그래서 사과했어?

　　—했을 거 같냐, 안 했을 거 같냐?

―지금의 너라면 했지.

―안 했어. 못 했어. 쌩깠지. 쌩까게 되더라고. 얼굴을
보질 못하겠더라고. 걔한테 사과하면 나도 누군가에게 사
과를 바라게 될까 봐. 그걸로 끝.

―끝?

―응. 걔가 죽더라고. 몇 년 전인가, 교통사고였다고 들
었어.

―어젠 잠을 못 자겠더라, 자꾸 생각이 나서.

―유미한테 너도 그런 사람이 돼. 보여줘. 사과할 자격
이 있는 사람도 있다고. 유미, 너는 사과 받을 자격이 있
다고.

얼마 후, 강릉에 도착한 형석과 승우는 숙소에 짐을 풀
고 원조 초당순두부집에 들러 늦은 점심을 해결한 후에
강릉아트센터 근처로 가서 아인슈페너와 바닐라라떼를
마시고 사임당홀에서 지보이스 공연을 봤다. 그런 계획한
일들을 하기 전에, 두 사람은 열차에서, 거리에서, 택시 안
에서 그 후로도 오랫동안 대화했지만 대부분 연수와 그의
남자 친구 그리고 초당순두부와 지보이스의 역사에 대한
것이었다. 철민과 유미라는 이름을 두 사람 누구도 입에

담지 않았으나 두 사람 누구도 철민과 유미라는 이름을 머릿속에서 지우지 못했다. 형석은 사과할 자격을 잃어버리지 않는 인간이야말로 자신을 만만히 여기지 않는 이라고 생각했고, 승우는 사과하지 못했다는 것을 평생 기억하는 인간이야말로 누군가를 만만하게 여기지 않는 이라고 생각했다.

그날 밤 형석과 승우는 연수와 함께 '북해도'에서 양고기에 칭따오를 나눠 마셨다. 연수와 교제를 시작한 이의 이름이 오민석이며, 그가 술을 마시면 개가 되는 이유가 신임 장교 시절에 부대 내 동성애자 색출 작전에 가담한 전력 때문이라는 사실을 알게 되었다. 승우는 술에 취해서도 미친년이라는 말을 몇 번씩 반복했고, 그런 승우 때문에 세 사람은 옆자리에 앉은 여자 손님들의 이유 있는 눈총에 시달렸다. 연수가 군형법 92조의 6항 폐지에 관한 이슈를 들려주자 형석은 '전국 스쿨 미투 지도'에 관해 말을 꺼냈다. 이윽고 셋은 대학 시절에 술만 마시면 노래방에 가자던, 노래방에서 여학생들을 끌어안고 블루스를 추고 귓가에 대고 입김을 불어 넣던, 어느 학교에나 꼭 한 명씩은 있던, 지도 교수에 관해 이야기 나눴다. 그리고 마침내

한 사람은 단체 숙소로, 두 사람은 두 사람의 숙소로 돌아
가서 단잠을 자고 아침을 맞았다. 형석도 승우도 허투루
하루를 보냈다고 생각하지 않았다.

두 사람은 숙소 근처에 있는 콩나물해장국집에 가서 해
장하고, 서울로 복귀 중인 연수의 생존을 확인한 후에 안
목해변으로 향했다. 강릉까지 와서 커피 거리를 안 가볼
수 없다는 승우의 계획 때문이었고, 프랜차이즈 카페가
즐비한 거리에 실망한 후에 두 사람은 통유리로 된 카페
에 들어가 앉아 커피를 마시고 다시 강릉역으로 향했다.
열차에 올랐다. 형석이 승우에게 말하기 시작한 건 승우
가 막 잠에서 깨어났을 때였다. 오랫동안 생각했던 얘길
꺼내야겠다, 놀라지 않았으면 좋겠다, 라고 시작하는 대화
였다.

오전부터 비가 내렸다. 봄비치고는 제법 양이 많다 싶
더니 오후가 되자 빗줄기가 더 굵어졌다. 휴일에 비 안 온
게 어디야, 아, 빨리 퇴근하고 싶네, 어떻게 된 게 쉬다 오
면 더 피곤해, 라는 대화가 오가는 교무실을 빠져나온 형
석은 복도를 걸었고, 계단을 올랐다. 형석은 유미를 그렇

고 그런 유미로 만들어버린 벽 앞에 잠시 멈춰 섰다가 김철민이라면 포스트잇에 어떤 문장을 적었을까, 하고 되뇌었다. 승우에게선 여전히 답이 없었다. 형석은 유미의 자세를 흉내 내며 허리를 꼿꼿하게 세웠다. 벽에 가까이 다가섰다.

형석이 진학 상담실로 들어가자 유미가 먼저 와서 앉아 있었다. 형석은 수업 시간과는 또 다르게 유미를 마주했다. 형식적인 대화들이 오가지 않았다. 형석이 띄엄띄엄 휴일에 있었던 일들을 대수롭지 않게 떠들었고, 유미는 말이 없었다.

—유미야, 사실 선생님이 할 말이 있는데…….

형석이 뻣뻣하게 말이 되는 말을 꺼냈다.

—…….

—선생님이 며칠 생각을 해봤는데, 그날 선생님이 한 말 사과할게.

—…….

—어떻게 사과를 하는 게 좋을지 몰라서, 사과의 기본자세라는 것도 검색해봤거든. 사과를 하는 사람은 어떠한 방식으로든 손해가 되는 행위에 책임을 진다, 사과를 하는

사람은 해당 행위의 결과로 인한 손해를 인지하고 있으며, 사과를 하는 사람은 앞으로 다르게 행동할 의향이 있다, 라고 위키백과에 쓰여 있더라.

형석은 어색하게 웃으면서, 유미에게 포스트잇 한 장을 건넸다. '여자는 꼬리가 아홉이라서 꼬리를 잘 친다'라는 문장이 적힌 종이 한 장이었다.

—나머지 한 장은 '너의 벽'에 붙여뒀어.

—…….

형석이 건네준 포스트잇을 가만히 보고 있던 유미가 입을 열었다.

—그날, 교직원 일동 중 한 사람이 사과를 하면서 제 등을 천천히 쓸어내렸어요.

형석은 유미의 등을 천천히 최대한 천천히 쓸어내렸을 선생을 그려보았다. 누군가를 만만하게 보는 얼굴을. 그는 아마도 유미가 누구에게나 얘기할 수 있도록, 유미가 자꾸 말하도록, 유미만 이상한 사람이 되도록 최선을 다해 등을 쓰다듬었을 것이다. 아무도 유미의 말을 믿지 않도록, 모두가 유미보단 그런 유미를 생각하도록, 유미의 기분은 유미만이 느끼도록.

—저는 기분이 나빴어요.

형석은 유미의 말을 계속 들었다.

작가 노트

유미라는 이름은 친누나에게서 빌려왔다. 누나의 삶에서 빌려와 이야기로 만든 것은 없다. 유미의 삶은 유미의 것이다. 그러나 유미의 삶에 관해 생각하면서 '여중·여고'를 나온 누나의 삶을 한 번도 생각해보지 않았다면 거짓말이다. 누나를 생각하며 누나와 어울려 지냈던 광숙이 누나, 해숙이 누나, 상미 누나, 미숙이 누나를 자연히 떠올렸다. 그 사람들의 학창 시절은 유미와 얼마나 달랐을까.

최근 여러 여성에게 학창 시절에 목덜미나 등이나 허벅지를 쓰다듬던 선생에 관한 이야기를 전해 들었다. 그녀들은 다른 시절에, 다른 학교에 다녔으나 모두 같은 자리에 있었다. 그날, 우리가 평생 잊지 못할 피해 경험을 씩씩하게 나눌 수 있었던 건 우리의 대화가 '스쿨미투'에서 시작됐기 때문이었다.

유미의 첫인상이 되어준, 그날 그곳에서 만났던 학내 성폭력 피해 생존자에게 고맙다.

형석, 승우, 연수, 민석은 내가 만났던 성소수자들과 조금씩 닮아 있다. 그들은 어디에나 있다.

'미스 김'이라는 별명은 '남중·남고'를 다녔던 내게서 빌려왔다. 그 시절 현이라는 이름보다 더 자주 들었던 이 이름을 기꺼이 껴안게 된 건 '페미니즘'을 만나면서다.

여전히 아무도 모르는 피해의 이야기를 생존의 이야기로 바꿔 쓰고 있는 이들에게 마음을 전한다.

계속 말하겠다.

김현진

누구세요?

1999년 『네 멋대로 해라』를 출간하며 작품 활동을 시작했다. 『뜨겁게 안녕』 『육체탐구생활』 『우리는 예쁨 받으려고 태어난 게 아니다』 등의 에세이집이 있고 장편소설 『XX 같지만, 이건 사랑 이야기』 김나리 작가와 공동 집필한 『말해봐 나한테 왜 그랬어』가 있다. 다수의 일간지 와 월간지 등에 에세이를 기고했다. 독자에게 직접 글을 보내는 에세이 메일링 서비스 《월간 살려줘요 김현진》을 발행 중이다.

"헉……, 지윤아……. 뒤로 돌아봐……. 응? 네 엉덩이
보여줘……. 나 네 엉덩이 너무 좋아. 너무 예뻐!"

그가 또 나보고 후배위를 요구했다.

또 뒤로 돌아야 되냐!

교미니? 지금 나랑 교미하는 거니?

그렇게나 무슨 암소랑 수소랑 송아지 생산하는 자세를
만들어야 속이 시원하겠어?

이 체위에서 남자는 여자의 상체를 내려다보며 지배하
는 듯한 쾌감을 느낄 수가 있다는데,

그 와중에 클리토리스를 애무해준다거나 하는 배려가 있는 남자는 그다지 많지 않으니 후배위에서 기쁨을 느끼기는 참 힘들다.

여자들이 이렇다는 걸 남자들은 알긴 할까? 알아도 어떻게 할 겨를이 없거나 어떻게 할 의욕이 없는 건지도 모르지.

조금 있으면 내 등에다 정액을 찍 분출하고는 엄청난 노동이라도 한 듯 한참 거친 숨을 몰아쉴 것이다.

내 기분이야 어떻든 전혀 상관없지.

남자들은 정말 왜 그러는지 몰라.

그래도 어쩔 수 없다.

돌라니 돌아야지.

오늘은 특히 그래야 해.

아주 중요하게 할 말이 있으니까.

차마 입이 안 떨어지는 청년실업 백만 대열에 백만일 번째로 합류했다는 말을 하려면 하라는 대로 해야지 별수 있을까. 요즘 청년층까지 조기퇴직 대상자에 포함되는 경우가 있다고 신문 기사에서는 봤지만 모회사의 인원 감축으로 설마 내가 그 해당자가 될 줄은 꿈에도 몰랐다. 어떻게 잡은 직장인데. 어떻게 다닌 직장인데. 이십 대의 이 젊은 나이에 희망퇴직자라니. IMF 때 명예퇴직한 아버지의 뒷모습을 보며 희망퇴직이나 명예퇴직은 전혀 희망적이거나 명예롭지 않다는 것을 알았지만 그런 이름들은 어디까지나 그렇게 쓸쓸한 등을 가진 아저씨들의 몫이라고만 생각했는데.

게다가 5년간 사귄 남자 친구 재영은 언제나 나에게 목이 아플까 걱정될 정도로 강조를 하고 또 했다. 요즘은 남자만큼 여자의 능력도 중요하다, 결혼할 때 남자가 집을 해 온다는 건 너무나 전근대적인 생각이며, 당연히 반반 결혼에 맞벌이는 선택이 아니라 필수다, 결혼을 해도 경제권을 누가 가져가는 것이 아니라 둘 다 돈을 버니 월급에서 생활비를 일정액 갹출하여 공동의 생활비 계좌에 넣고 나머지 돈은 각자 관리하며 거기에 대해 서로 참견하지 않는 것이 요즘 합리적인 트렌드다, 결혼을 했으니 물론 아이를 낳아 효도를 해야 한다, 아이에게는 어머니가온 세상이니 모성 본능을 발휘해 어머니가 아이를 좀 더 케어해야 하는 것은 독박 육아가 아니라 어쩔 수 없는 자연의 순리니 거스르지 말아야 한다, 우리 어머니는 늙으신 데다 멀리 사시지만 너희 어머니는 30분 거리에 사시는 데다 친구들과 산을 펄펄 날아다니실 정도로 건강하시니 얼마나 다행이냐, 산 타실 시간에 외손주도 손주니 설마 안 봐주시겠느냐, 우리가 얼른 자리 잡길 누구보다 바라실 테니 아마 우리에게 시터비를 달라고는 하지 않을 것 같은데 네가 은근히 여쭈어봐라, 그나마 지윤이 네가 아이 생겼다고 잘리는 직장이 아니라 육아휴직 쓸 수 있는 곳에 다녀서 참 다행이다, 너희 부모님 힘을 좀 빌려서 육아휴직 끝나면 바로 나가서 얼른 벌어야 한다, 여자는 남자와 달라서 한번 경력 끊기면 요즘 흔히 말하는 '경단녀' 되기 십상인데 그러기엔 네 능력이 아깝다, 그렇게 둘이 허리띠 꽉 졸라매야 자식 하나 대학까지 책임져주고 우리는 육십 대까지 최소한 십억 정도를 모아야 남 보기 부끄럽지 않은 노후의 은퇴 생활을 할 수 있다고 침을 튀기며 미래를 이야기했던 이 남자. 내가 오늘 회사에서 잘렸단 이야기를 들으면 뭐라고 할까? 5년이나 사귀어온 사이니 따뜻한 위로를 해주었으면 좋겠다. 그렇게도 나와의 미래를 입이 아프게 이야기했었고, 그건 거의가 우리의 미래에 대한 그의 요망 사항을 주로 늘어놓는 것이었긴 했지만 어쨌든, 몇 년이나 나눈 운우지정이 있는데. 나는 부디 그러기를 바라는 간절한 바람을 실어 그에게 장단 맞춰 엉덩이를 흔들어주었다.

"헉…… 어엇…… 너무 좋아……. 아, 너도 느껴……? 응? 내 XX 좋아?"

좋긴 뭐가 좋냐! 나는 어디가 흥분되는지도 하나도 모르겠고 그냥 뒤에서 퍽퍽 찔러대기만 하는데. 하여튼 저 인간은 일본 포르노 같은 걸 너무 많이 봤다. 나도 어깨너머로 그 동영상들을 봤는데, 무조건 여자의 흰 엉덩이 위에서 카메라앵글을 잡고 그 속살이 화면을 꽉 채운 채 간드러진 목소리로 앙 기모띠, 다메, 어쩌고 하면서 신음하는 옆얼굴만 간혹 보이는 그런 포르노 말이다. 네 XX, 넘 작아서 어디 있는지도 모르겠어…… 라고는 절대로 말할 수 없다. 그는 자기 것 정도면 대한민국 평균은 된다고 그래도 자부하고 있으니 말이다.

방에 텔레비전이 켜져 있어 나는 건성으로 신음 소리를 내주면서 슬쩍 그걸 본다. 어, 저 연예인도 마약 투약으로 걸렸구나. 참 좋겠다. 나는 이제 쥐꼬리만 한 실업 급여로 몇 달을 먹고살고 노동청의 청년 취업 성공 패키지 같은 걸 굽신굽신 알아봐야 하겠건만 재벌 3세들은 세끼 뜨뜻한 밥 먹고는 연예인들과 마약하고 놀 수도 있다니. 재영이 뒤에서 손을 뻗어 내 가슴을 주물럭거리기 시작했다. 허리가 요동치는 횟수가 격해지는 걸로 봐선 절정이 가까운 모양이다. 여자의 몸은 참 편리한 데가 있다. 별로 마음이 없어도 일정한 자극을 주면 윤활유가 분비되어 그럭저럭의 섹스는 가능하니 말이다. 이 그럭저럭의 섹스 말고는 나는 평생 겪지 못하는 걸까? 더 농밀한 세계로 진입할 수는 없는 걸까? 그가 바라는 건실한 반반 결혼 생활을 하면서? 그의 움직임이 더욱 빨라졌다. 아 참, 이럴 때 보조를 맞춰줘야지. 나는 반사 신경처럼 엉덩이를 조금 흔들며 한껏 거짓말을 치기 시작했다.

　"앗…… 아앙…… 아, 아…… 오빠, 좋아……."
　"으흑……!"

내 신음 소리를 들은 그는 내 허리를 꽉 움켜잡고 등에
왈칵 엎어졌다. 그리고 헉헉, 하고 거친 숨소리를 토해냈
다. 드디어 끝났구나. 그는 몸을 잡아 빼더니(그것도 확!)
꼼꼼하게 콘돔을 빼 휴지에 잘 싸서 쓰레기통에 버렸다.
나는 왠지 모를 아쉬움에 한숨을 내뱉었다. 그는 내 어깨
를 안으며 유쾌하게 속삭였다.

"우리 애기 그렇게 좋았어……? 푹푹 한숨까지 쉴 만
큼……? 응?"

좋아하고 있네.

"으…… 응. 근데, 오빠……. 나, 할 말이 있어."
"뭐 골치 아픈 것만 아니었으면 좋겠다. 아, 오늘도 이
대리 그 새끼 꼴 보기 싫어서 정말 좆같았거든."

금세 그는 담배를 피워 문다. 섹스 직후에 담배를 피우
는 남자는 바로 등 돌려 코 골면서 잠들어버리는 남자 다

음으로 최악이라는데 그는 그런 매너에 대한 이야기라곤 생전 들어본 적이 없는 모양이다. 담배를 전혀 피우지 않는 나는 연기에 숨이 막혀 콜록콜록 기침을 한다. 하긴, 그건 다 이렇게 키운 내 잘못인지도 모른다. 어쨌든 내가 희망퇴직 대상자라니, 재영에게 오늘 일을 털어놓으려니 조금 위축되긴 했지만 우린 오랜 연인 사이잖아. 괜찮지 않을까? 그것도 결혼을 염두에 두고 만나는 사이니까. 이해해주지 않을까? 슬플 때나 기쁠 때나 아플 때나 건강할 때나 같이 살 예정이 있는 사람들이잖아, 우리는. 만약 재영이 나처럼 모기업의 위기나 뭐 어떤 이유로 반강제로 퇴직하게 된다면, 나는 그가 새로운 일자리를 구할 때까지 응원해줄 용의가 얼마든지 있다. 연인이니까, 사랑하니까. 사랑……?

뭐, 지금 그런 건 중요하지 않다. 어쨌든 나라면 재영의 어깨를 탁탁 두드려줄 것이다. 몇 년 동안이나 몸과 마음을 뒤섞으며 함께 지내왔으니 당신을 가장 잘 아는 건 바로 나라며 당신이라면 얼마든지 곧 직장을 잡을 수 있을 거라고 격려해줄 것이다. 이렇게 된 거 그간 야근이다 휴일 근무다 연차 한번 못 쓰고 고강도 노동하느라 죽도록 고생했으니 얼마간은 아무 생각 않고 머리를 텅 비운 채 좀 쉬라든가, 여행이라도 다녀와서 재충전하라든가, 화가 도리어 복이 되어 더 좋은 직장으로 이직할 가능성도 없지 않다는 등의 갖은 격려와 위로도 얼마든지 해줄 것이다. 비싸고 좋은 곳에서 데이트하는 건 그동안 해봤으니, 더위도 한풀 꺾인 늦여름인 지금부터는 공원 벤치에 앉아 시원한 아이스크림을 먹거나, 유명한 분식집에서 몇십 년 동안 변하지 않은 떡볶이 맛에 감탄하며 끼니를 때우거나, 그러다 나뭇잎이 예쁘게 떨어지는 계절이 오면 고궁이나 숲길을 거닐며 알뜰하게 만나는 것에도 충분히 만족할 수 있다.

사실은 그가, 다소 전근대적인 문장이지만, 여전히 감동적인 바로 그 말, 아무 걱정 마라, 내가 여차하면 너 하나 정도는 얼마든지 먹여 살릴 수 있다! 이렇게 떵떵거리며 큰소리를 쳐준다면 참 좋겠다. 그래 주기만 한다면 퇴직자 명단에 내 이름이 포함된 것을 본 순간의 쓸쓸함을 그 큰소리를 되씹어보는 달콤함으로 얼마든지 덮을 수 있을 것 같다. 그가 내 어깨를 끌어안으며 너 하나 정도는 내가 얼마든지 책임질 수 있어, 누가 내 여자한테 함부로 굴어, 그 따위 직장 때려치워 버리길 잘했다! 이런 말을 하는 장면만 생각해도 가슴 한구석이 찌르르해졌다. 아, 보호받는 여자! 사랑받는 여자!

"…… 오빠, 그래서 그렇게 된 거야. 그 과장이 자꾸 안 그러는 척하면서 허벅지 만지잖아……. 닿는 것도 아닌데 뭐 어떠냐고 나중에 말로 성희롱도 하면서. 나 대리 승진 한 지도 얼마 안 돼서 웬만하면 그냥 참고 넘어가 보려고 했어. 그런데 심지어 그 인간이 이번이 처음도 아니고 다른 여직원들도 전부터 문제 제기 했었는데, 아버지끼리 동창인가 해서 재수 좋게 회장 줄 탄 사람이거든. 그래서 지금까지 그 인간이 건드린 여직원들만 다 퇴사했어. 그것도 권고사직 말고 자발적으로 관둔 걸로. 그래야 실업 급여도 못 받으니까. 나를 찔러? 맛 좀 봐라 이거지. 나도 이 회사 몇 년 다니면서 그런 광경 숱하게 봤으니까 더러워서 피하려고 그동안 애썼는데, 이번에 팀끼리 협업하게 되면서 자꾸 나를 만지는 거야."

"……."

"책상에 앉아서 일하고 있으면 이거 어깨 굳은 거 보라고, 여자가 이러면 안 된다고 자기가 풀리도록 안마해준다고 뻔뻔하게 주물럭거리고, 엑셀에 틀린 수치 고쳐주는 척하면서 마우스 잡은 손 위에 자기 손 올려서 잡고 여기저기 괜히 클릭하면서 손이 차갑네, 그런데 손이 차가운 여자가 마음이 따뜻하다던데 우리 이 대리는 어떨까, 하고 헛소리하면서 숨 쉬는 척 귀에다가 후후 입바람 불어서 키보드 위에 토할 뻔한 적도 있어. 어쩌다 스커트 한번 입으면 오늘 섹시하네 어쩌네 맨날 이런 것만 입으라니 어쩌니 하면서 난리가 나고, 완전 미친놈이야. 결혼해서 애도 둘이라는데 네 식구 가족사진 액자를 떡하니 책상 위에 올려놓은 인간이 그런다니까."

"……."

"나 말고 다른 여직원들한테도 틈만 생기면 손등 같은데 쓰다듬으면서 여자는 현모양처도 팜파탈도 아니고 그저 감도 좋은 여자가 백만 불짜리라나? 맨정신에 사무실에서 그러는 인간이니까 회식 때는 어떻겠어. 완전히 활개를 치지. 우린 대기업도 아니고 그냥 자사잖아, 중소기업

수준이지 사실. 노조가 있길 해, 뭐 그런 인간을 제지할 창
구가 없어. 그래도 누구는 말해야 될 것 같아서 윗선에 이
야기해봤는데 내가 말했잖아, 그 인간이 회장 동향 사람
인데 집안끼리 친척인 데다 동창이기까지 해서 확실한 라
인이 있는 낙하산이거든. 아무리 항의해도 안 되고, 오히
려 나보고 위로금 조로 퇴직금 좀 집어 줄 테니까 희망퇴
직하겠느냐고 은근히 강요하길래 나도 이젠 지쳐서 그러
겠다고 하고 휙 나와버렸어. 나 아직 한창 젊은데 이 넓은
도시에 설마 나 하나 앉을 책상 없겠어?"

　장황하게 늘어놓은 말을 끝내며 어쩐지 자꾸 변명을 주
워섬기는 것 같아 좀 그랬지만 그의 연인다운 태도를 내
심 기대했다. 이재영! 기사도를 자랑해달라! 곧 이렇게 말
하겠지! 그 새끼 어디 사는 누구냐, 아주 아작을 내버리겠
다, 하고 분노해줘 달링! 파이팅! 모욕당한 자기 여자를
지키는 기사의 모습을 보여줘야지! 나는 두근거리는 가슴
을 살며시 누르며 그의 믿음직한 모습을 기대했다.

　"뭐가 어쩌고 어째?"

얼굴이 벌게진 재영이 벌떡 일어났다. 침대 밖으로 일
어나는 바람에 이미 풀이 죽어버린 그의 물건이 덜렁거렸
지만 나를 위해 저렇게 얼굴까지 붉히며 분노해주는구나,
싶어 그런 그의 모습까지도 전혀 우스꽝스럽게 보이지 않
았다.

"오빠……."

감동에 젖어 나는 한껏 가녀리고 연약한, 나는 당신의
여자예요, 라는 촉촉이 젖은 모기만 한 목소리로 그를 불
렀다. 저기 보라지, 눈에 핏발까지 서 있다. 아, 나를 위해
이렇게까지 화내주다니. 나는 어쩌면 이 남자를 영원히 사
랑할 거…….

"고작 그따위 일에 밥벌이를 때려치워? 네가 지금 정신
이 있는 애야 없는 애야!"
"으, 응?"

갑자기 정신이 아득해졌다. 그따위 일? 그따위라고? 이게 뭔 소리람?

"오, 오빠……?"

"땅을 파면 돈이 나와 쌀이 나와? 그래, 그놈이 좀 집적거렸다 쳐. 너 사회생활 한두 해 해? 네 말대로 대리 승진한 거 아깝지도 않아? 사회생활 하면서 그런 일 있을지도 몰랐어? 별의별 더러운 인간 다 있어! 그게 사회야! 나도 뭐 좋아서 회사 다니는 거 아니다. 얼마나 거지 같은 일 꾹꾹 삼키고 사는지 내가 말을 다 안 해서 그렇지 네가 알아? 지금 실업률이 몇 프로야! 요즘 같은 때에 정규직 구하기가 쉬운 일인지 알아? 너 성인이잖아? 알 거 다 아는 나이잖아? 스물아홉이나 먹어가지고 그렇게 철딱서니가 없어? 우리 둘이 아득바득 10년, 20년을 벌어도 집 한 채 사기 어려운 시대야! 아무리 좆같은 일이 있어도 아, 나는 젖은 낙엽이다, 절대로 안 떨어져 나간다, 하고 생각하고 이 경기 안 좋은 때에 회사에 딱 붙어 있어야지! 일단 다시 한번 알아봐, 홧김에 그런 거라고 하고 사표 제출 철회할 수 없어?"

귀를 의심했다. 저게 날 사랑한다는 연인의 입에서 나오는 말인가? 그것도 21세기가 시작된지도 20년이 다 돼가는데 밤낮 미스 리 미스 리 어쩌고 하며 툭하면 허벅지며 엉덩이를 주물럭대고 은근슬쩍 점심 먹으러 가는 만원 엘리베이터에서 제 물건을 밀어대던 직원 때문에 회사를 때려치운 연인에게? 나도 참지 못하고 앙칼지게 소리쳤다.

"오빠가 내 애인 맞아?"
"그럼 애인이 아니고 뭔데!"
"지금 그놈 찾아가자, 당장 멱살 잡자 해도 모자랄 판에 어떻게 그럴 수가 있어!"
"네가 사회생활 하는 법을 몰라서 그래! 다 같이 더럽게 사는 거야! 누가 덜 깨끗하고 더 깨끗하고, 이거 어차피 흙탕물에서 다 같이 뒹구는데 아무 의미도 없는 거라고!"
"그래! 좋다! 그럼 다 때려치워! 난 죽어도 사표 철회해 달라고 거기 고개 숙일 생각은 요만큼도 없으니까!"

다 엎어버렸다.

그는 그 말을 듣자마자 잘됐다는 듯이 덜렁거리는 물건을 씻지도 않고 아주 신속히 팬티를 입고 옷을 입고 신발을 신고 내 자취방을 떠났고, 나에게서도 영영 떠났다.

그래서 나는 실직과 실연과 동시에 완전히 혼자가 되어버린 것이다.

*

"아아……. 딸꾹……. 젠장맞을……."

마트에 갔더니 고량주가 육백오십 원이다. 나이스, 좋다이거야. 제일 싼 가격에 무려 오십 도가 넘어가는 센 도수! 난 지금 이런 게 완전 필요하다고! 애인도 떠나고, 직장도 사라지고, 남은 건 오직 카드 대금!

아, 내가 왜 그랬던가. 애초에 데이트 통장이라는 것부터 거절했어야 했다. 나보다 2년 정도 취업이 빨랐던 재영은 나보다 수입이 많았지만, 그렇다고 남자가 데이트 비용을 다 내주길 바랐다간 '된장녀'니 '김치녀'니 소리를 피할 길이 없을 테니 나도 우리 둘의 나이 차이와 연봉 차이 같은 것을 고려해서 육 대 사 정도로 데이트 비용을 부담하도록 마음을 썼다. 절반은 부모의 도움으로, 절반은 자기 돈으로 뽑은 그의 차를 타고 데이트할 때마다 세 번에 한 번은 주유소에 가자고 재촉해 기름을 가득 채워주었다. 아, 나는 정말이지 너무나도 양심적인 여자 친구였다. 쓸데없이 양심적인. 하찮은 이어폰 같은 물건 하나를 살 때도 인터넷 가격 비교 사이트에서 최저가를 비교해보고 사는 재영의 꼼꼼한, 혹은 쫀쫀한 성격이 결혼했을 때 괜히 오디오니 자동차니 카메라니 하는 데 헛돈질하거나 친구에게 큰돈을 빌려주거나 보증을 서줄 스타일은 아니다 싶어 그리 나쁘게 보이지 않았다.

그래서 재영이 통장을 하나 개설해 와서 둘 중 누구도 손해 보는 기분이 들지 않도록 알뜰하게 데이트하자고 했을 때 기꺼이 그러마라고 했다. 보통은 절반, 간혹은 재영이 더 많이, 보너스를 언제 받느냐에 따라 때론 내가 더 많은 돈을 입금할 때도 있었다. 그 통장의 체크카드는 언제나 재영의 지갑에 들어 있었기 때문에 가끔 근사한 식사를 마치고 레스토랑을 떠날 때 실은 각자 먹은 대로 낸 셈이건만, 나는 늘 이 정도는 한다는 듯 여유롭게 카드를 지갑에서 꺼내 자연스럽게 서버에게 건네는 그의 손짓이 늘 이런 파인 다이닝에서 여자 친구를 호강시켜주는 남자 행세를 하는 것 같아 간혹 찜찜한 기분이 들기도 했으나, 누구 하나라도 억울한 사람이 있어서는 안 된다는 그의 말에 조리가 있다고 생각했다.

그래서 우리는 순조롭게 데이트 통장을 사용해왔고, 아직 결혼할 것도 아닌데 꽃다운 나이에 남자와 그렇게까지 더치페이를 해가면서 만나야 하냐, 외국 남자들은 여자가 더치페이하자고 하면 자신에게 호감이 없는 것으로 받아들일 정도다, 네덜란드에도 더치페이라는 건 없고 네덜란드 사람들은 그 단어를 싫어한다, 세계에서 데이트 통장이라는 게 있는 곳은 우리나라밖에 없다, 남자는 사랑하는 여자에게 당연히 돈을 쓰기 마련이다, 등등 친구들의 여러 가지 충고도 그냥 귓등으로 들었다. 데이트 통장을 쓴 지도 한참이 지나자 재영이 이제 우리도 슬슬 결혼 생각을 해야 할 때가 되어가니 단순히 유흥을 위한 데이트 통장으로 쓰지 말고 둘이서 매달 일정 금액 이상을 모아 결혼 비용을 우리 힘으로 알뜰히 마련해보자고 했을 때도 기꺼이 찬성했다. 그가 서른을 넘길 무렵이었다.

결혼은 닥쳐봐야 안다면서 그때 단호히 거절했어야 했다. 하지만 거의 범죄 수준으로 멍청했던 나는 그저 '결혼을 준비하기 위해 둘의 사랑이 담긴 공동 통장'이라는 말에 눈이 멀어 내가 들던 적금도 해약해 정기예금에 넣어버리고 급여의 상당 부분을 달마다 그놈의 '공동 통장'에 내놓았던 것이다! 아까도 말했지만 그 계좌의 예금주는 바로 이재영! 원래부터 이럴 속셈이었는지는 모르겠지만 월급날마다 현금을 직접 인출해서 자신에게 주길 원했다. 그게 뭔가 아날로그적인 느낌을 줘서 정이 간다나? 그때는 그저 아 현금이 편해서 좋은가 보다, 하고 그냥 그 말을 들었던 과거의 내 뺨을 이 미친년, 하면서 사정없이 후려치고 싶다. 그 돈을 돌려받기 위해 경찰에 신고라도 하려고 알아보니 이체를 하지 않고 현금으로 건넸기 때문에 증거가 없었다. 전화나 문자, 카톡으로 돈 이야기를 꺼내면 그는 내가 그에게 돈을 주었다는 증거를 모으기 위해 암약하는 중이라는 것을 귀신같이 알아채고 동문서답으로 일관했다. 회계팀에서 몇 년 째 유능한 직원으로 인정받는 직장인다운 처신이었다. 얼마 안되는 퇴직금이 엄혹한 서울의 월세와 공과금으로 다 나가버리고 당장 쌀 살 돈도 궁하게 되자 나는 그에게 내가 부은 액수를 돌려달라고 몇 번이나 애원했지만 대꾸조차 없었다. 손에 뭔가 쥐게 될 것 같으면 곧바로 주먹을 꽉 닫아 절대로 제 손가락 사이로 한 치도 빠져나갈 수 없게 하는 그다운 처신이었다.

친구들 사이에서도 술 한잔 살 줄 모르는 자린고비라고 말이 많았지만 그는 끄떡도 하지 않았다. 직장 생활 5년 동안 온갖 더럽고 치사한 꼴을 참으며 따로 모아둔 얼마간의 돈이 완전히 날아가버릴 지경이 된 것이다. 내 전화번호를 차단한 그의 사무실로 전화를 걸어 내 돈 내놓으라고 바락바락 소리를 쳤지만, 그는 능글맞게 웃으며 위자료로 받아둘게, 라고 할 뿐이었다. 뭣이 어째? 위자료? 이 거지 같은 자식이 정말!

"위자료? 차인 건 난데 왜 내가 위자료를 줘야 해?"

"어차피 내가 너랑 사귄 건 널 건실한 여자라고 생각했기 때문이야. 그래서 너와 함께 착실하게 돈을 모아 함께 가정을 꾸려갈 탄탄한 계획을 내 딴에는 다 세우고 있었다고. 그런데 네가 별일도 아닌 일 가지고 나약하게 직장을 자진 사직해서 내 인생 계획에 큰 차질을 줬잖아? 나는 이 나이에 다시 여자를 만나거나 소개받아서 가정을 꾸리기 위한 노력을 처음부터 다시 해야 하니까 너에게 투자한 게 전부 0으로 돌아간 거야. 오히려 마이너스에서 다시 시작해야 하는 셈이지. 내 시간과 정신적 에너지, 각종 비용까지 말야. 넌 내 미래에 협조하기로 합의했잖아? 그래놓고 네 마음대로 회사를 그만둠으로써 나와의 약속을 어긴 거야. 내가 착착 밟아나가던 계획을 네가 망쳤으니 내가 위자료를 받아야 하는 건 당연한 것 아니야? 그동안 너에게 쓴 돈까지 토해내라는 말은 안 해. 하지만 난 이 정도는 받을 자격이 있다는 생각이 든다. 정 억울하면 경찰이라도 불러봐!"

이런 개 풀 뜯는 소리가 들려왔다. 입금 내역이 없으니 증거도 없고, 진짜 경찰을 부른다면 그는 얼마든지 시치미를 뚝 뗄 것이다. 그래도 나는 을러볼 수밖에 없었다.

"얼어 죽을 소리 하지도 마! 경찰에 당장 신고할 거야!"
"할 테면 해 봐. 그리고 잘 알아둬. 너랑 섹스하는 거, 진짜 밍밍했어. 억지로 흥분하는 거 얼마나 힘들었는지 알아? 넌 완전 불감증이야, 불감증. 그거 모르겠니? 그러니 그 돈은 내 고생에 대한 위자료도 되는 거지. 그럼 안녕. 이제 너 SNS고 뭐고 차단한다. 회사에 자꾸 전화하면 접근금지명령 신청할 거야."

찰칵, 전화가 끊겼다.

뭐, 접근금지명령을 신청해? 그게 과연 성립이 될지는 모르겠지만, 그건 지금 돈을 쥔 재영이 빨판상어처럼 온 힘을 다해 그걸 붙잡고 내놓지 않으리라는 결의가 확고하다는 뜻이었다. 게다가 불감증? 내가? 여고생 때 얼결에 첫 경험을 치르고 나서 워킹홀리데이니 교환학생이니 취업 준비 때문에 바빠서 첫 직장에 취직한 후에야 거의 처음으로 사귄 정식 남자 친구인 재영이 유일한 섹스 파트너였기에 비교해볼 대상이 없는 것이 통탄스러웠다. 내가 불감증? 정말로? 그렇지 않아! 네놈이 매력도 정성도 기술도 없는 거라고! 고량주 한 병 더! 없어? 없으면 더 사러 갈 테다! 현관문 손잡이를 여는데 갑자기 문이 바깥쪽에서 열려서 나는 복도에 나가떨어졌다. 누구야!

"아니, 아가씨. 초저녁부터 술 취해서 이게 뭐하는 짓이야?"

앗, 내가 살고 있는 다세대주택 주인아줌마다. 난 벌떡 일어서서 정신을 가다듬으려 했지만 팔다리가 실 끊어진 마리오네트처럼 형편없이 흐트러졌다.

"아하하……. 아줌마, 안녕하세요. 저, 어쩐 일이신지…….."
"어쩐 일은 무슨 어쩐 일! 어제가 월세 입금일이었는데 입금이 안 돼서 내려왔지!"

앗, 벌써 월세 입금일이……. 월세나 공과금 내는 날은 참말 빨리도 돌아온다. 급히 이력서 써서 구직 사이트를 헤매면서 면접 본다 만다 하면서 그새 어영부영 한 달을 보내버렸구나. 결국 이재영 그 새끼한텐 아무 보상도 못 받았다. 경찰에 찾아가 봤지만 내 말을 진지하게 들어주지도 않았고 이런 경우에 민사소송을 건다 해도 돈을 회수할 수 있는 확률은 0퍼센트에 가깝다며 오히려 소송비용이 더 부담스러울 거라고 차갑게 잘라 말했다. 계좌 이체라도 했으면 증거가 남아 뭐라도 해볼 수 있겠지만 나는 그놈의 '아날로그 감성'이라는 입에 발린 말에 현찰을 건넸으니 여러모로 등신이었다. 어차피 그에게 돈이든 뭐든 뭔가 받아낸다는 건 불가능에 가까운 일이었다. 커플 링을 맞출 때도 돈 백 원까지 정산해서 각자 돈 내자고 하고 또 그렇게 한 인간이니까. 그런데 어쩌나, 이 아줌마 무지 깐깐한데…….

"저, 죄송해요. 지금 형편이 좀 그래서……. 조금만 더 기다려주세요."

"못 기다려요! 여기가 얼마나 알토란 같은 집인데, 요 몇 푼 안 되는 돈 체납하는 세입자 안 받아도 얼마든지 입주하겠다는 사람이 쌔고 쌨어! 내일까지 입금 안 되면 바로 짐 뺄 준비해."

"아줌마……. 저기……, 그래도 시간을 좀 주셔야죠."

"아니 여기 세 들 사람 줄 서 있다니까? 위치도 좋고 교통도 좋고 월세도 안 비싸고! 뭐 임대차보호법이니 그런 소리 할 생각 말고, 월세 체납하면 어차피 보증금 강제 압류하게 되어 있으니까 돈을 구해봐요. 나도 땅 파서 집 지은 거 아니니까. 내가 특별히 생각해서 이틀은 기다려줄 테니까, 잘해봐요."

뭐 저런 아줌마가 다 있어! 피도 눈물도 없는 년 같으니라고……. 아무리 조물주 위에 건물주 있다지만 본인은 나같이 불쌍한 젊은 시절이 전혀 없었던 거야……? 정말이지 난 뭐람. 스물아홉, 이제 아주 싱싱하다고는 할 수 없는 나이에다가 직장 생활 해서 돈은 조금 모아놓긴 했지만 쥐꼬리만 한 저축액 말고는 전 남자 친구한테 죄다 사기 당해 날려 무일푼이나 마찬가지다. 이렇게 된 거 아예 도둑질이라도 해서 월세를 낼 수밖에 없어! 나는 도둑질해도 돼! 도둑질할 충분한 자격이 있어! 왜냐하면 이 사회가 나에게서 너무 많은 것을 빼앗아갔잖아? 사회로부터 당연한 걸 돌려받는 거야! 좋다 에잇, 일단 가까운 옆집부터 털자!

나는 무슨 용기였는지 몽롱한 취기에 호기롭게 옆집 문을 덜컥 열었다. 엥? 그런데 옆집 문이 갑자기 활짝 열렸다. 앗, 누가 내가 옆집 문을 이렇게 벌컥 열고 있는 걸 보면 어떻게 생각할까? 너무 놀라 나도 모르게 현관 안으로 쏘옥 몸을 감추고 문을 닫고 말았다. 흐음, 이 원룸도 우리 집과 똑같은 구조로 되어 있구나. 열 평도 안 되는 작은 평수에 어울리는 자그마한 싱크대, 신발장, 냉장고, 텔레비전, 디브이디 플레이어. 그래도 이 집은 다 고급이군. 저런 프로젝션 텔레비전까지 있잖아? 언뜻 보아도 고급으로 보이는 소파와 드럼 세탁기. 빌트인되어 있는 게 아니니 본인 세간이군. 그리고 혼자 쓰기엔 큰 슈퍼 싱글 베드. 우리 집과 껍데기는 같아도 내부는 하늘땅 차이로 완전 고급스러웠다. 그런데 그 베드 위에……. 에에? 사람이 있다!

가끔 눈인사만 주고받았던 옆집 총각이었다. 아직 초저
녁인데 침대 위에 누워 푹 잠들어 있었다. 나이는 나보다
서너 살 아래일까? 몇 달 전부터 이 다세대 원룸에 살기
시작했던 것으로 기억하는데. 그땐 제대한 지 얼마 안 됐
는지 짧은 머리와 새카맣게 탄 얼굴에서 군인 티가 팍팍
나더니 이젠 얼굴색이 많이 돌아와 약간 까무잡잡한 옅은
갈색 피부가 보기 좋은 혈색을 띠고 있다. 너무 짙지도 흐
리지도 않은 모양 좋은 눈썹을 살짝 덮을 정도로 자란 앞
머리도 염색을 했는지 윤기 나는 고동빛이었다. 취기에 나
스스로도 믿을 수 없을 정도로 우습도록 대담해진 나는
신중하게 현관문을 잠갔다. 다행히 우리 집과 같은 구조라
서 수월하게 잠글 수 있었다. 혹시 모르니까 보조 잠금장
치도 다 채우고, 다시 그를 바라보았다. 피곤해서 옷을 벗
다 그대로 잠든 듯, 세 개쯤 열린 셔츠 단추 사이로 단단
해 보이는 가슴근육이 살짝 보였다. 트레이닝복 바지 차림
인 걸 보니 운동을 하고 와서 그대로 지쳐 잠이 든 것 같
았다.

두근.

어쩐지 가슴이 쿵쿵거렸다. 뭐지? 이재영이 아무리 수십 번 수백 번 옷을 벗어도 느끼지 못한 이 기분은……. 하기야, 늘 접대다 뭐다 하며 일에 지치고 이차 업무에 지친 그의 파김치 같은 몸에선 이런 걸 느낄 수 없었다. 열다섯 시간 이상 책상에 앉아 있고 그 울분을 푸느라 별식으로 치맥을 즐기는 삼십 대 이상 남성들이 필연적으로 가질 수밖에 없는 가느다란 팔다리에 볼록한 배를 지녔던 재영의 ET 몸매. 그럼 이건 뭐야? 탄탄한 어깨와 쇄골, 목이 짧아 보일 정도로 우악스럽게 발달한 건 아니고 적당히 발달한 승모근, 옷깃 사이로 보이는 가슴근육, 쌀 한 가마니 정도는 너끈히 질 것처럼 튼튼해 보이는 그을린 두 팔. 설마, 이런 걸 욕망이라고 부르는 건가?

고량주의 취기가 두뇌를 마취라도 한 건지 나는 머릿속으로 온갖 생각을 다 하면서도 나도 모르게 스르르 침대 쪽으로 다가가고 있었다. 왜 그래 이지윤. 이 미친년아. 너 돌았어? 빨리 네 집으로 돌아가. 현관문을 열고 빨리,

저 남자가 깨기 전에 너희 집으로 돌아가서 밀린 월세를 이틀 안에 내서 길거리로 쫓겨나지 않을 방도를 강구하란 말이야! 엉? 그러나 이놈의 손이 미쳤는지, 차가운 이성의 경고를 완전히 개무시한 채 나는 어느새 그 남자의 단추를 하나 더 풀고 있었다.

꺅! 내가 무슨 짓이야!

젊은 남자의 몸은 뜨겁고도 뜨거웠다. 약간 차가운 내 손가락이 슬쩍 닿자 약간 움찔하는 것 같았지만 여전히 세상모르고 잠에서 깨어날 줄 몰랐다. 나는 조금 더 대담해져 마지막 하나 남은 셔츠의 단추를 마저 풀었다. 마치 고운 보자기로 싼 꾸러미를 풀 듯 헐렁한 셔츠를 양쪽으로 젖히자……, 마치 아이가 사탕 껍질을 벗기듯 마음이 들떴다. 심장소리가 점점 커져서 나를 잡아먹고 쿵쾅, 쿵쾅하며 그 남자까지 깨울 듯했다. 남자의 옷을 벗기는 게 이렇게 흥분되는 일이었던가? 하긴, 재영은 언제나 나에게 덤비듯 닥쳐와서 내 옷을 벗겨낼 줄만 알았지, 내가 그의 옷을 벗겨볼 기회는 한 번도 없었다. 하긴 벗기고 싶을 만큼 근사한 몸매도 아니었지. 내가 이삼 킬로만 찌면 저는 무슨 몸짱이라도 되는지 자기 관리 좀 하라고 입바른 소리를 하던 주제에. 제 눈의 들보는 못 보는 주제에 언제나 내 옷을 벗긴 후 허겁지겁 자기 단추를 풀고, 지퍼를 내리고……. 나는 그동안 그가 자기 옷을 끌어내리는 걸 보며 머릿속으로 종종 딴생각을 했지. 완전히 패턴이 되어버린 이 섹스에 너무 익숙해져서. 아직도 취기가 가시지 않은 머리로, 옆집 남자의 원룸에 무단 주거침입을 해서, 잠든 남자의 단추를 풀면서 난 벌써 몸 안쪽이 흠뻑 젖어든 걸 느끼고는 훅 하고 숨이 막혔다. 재영과는 한 번도 느껴본 적 없는 습기였다.

회색 트레이닝복 바지로 시선을 내리니 묵직하게 고개를 들고 있는 무언가를 볼 수 있었다. 뭣에 홀린 사람처럼 나는 솜털이 몇 개 자라난 그의 가슴을 살짝 만졌다가 트레이닝복 바지로 천천히 손을 옮겨갔다. 그가 지금 깨어나면 무단침입에 강제추행죄가 성립되겠지. 이 여자야 빨리 일어나서 나가! 네 집으로 돌아가라고! 하지만 내 손은 말을 듣지 않았다. 어쩌면 지금 술에 취했으니 심신미약 펑계를 댈 수 있을까? 하필이면 나는 집에서만 입는 허릿단이 고무줄로 된 편하디 편한 긴치마 차림이었다. 내 손은 계속 내 말을 듣지 않고 치마를 걷어 올렸다. 그 안에 들어 있는 건 얄팍한 팬티 한 장뿐이다. 승부용의 위아래가 맞는 섹시한 란제리 같은 걸 지금 입고 있을 리가 없다. 카카오톡 라이언이 엉덩이에서 웃고 있는, 하도 오래 입어 고무줄이 헐렁해진 팬티는 약간 손을 대는 것만으로도 흘러내려 갔다. 그럼, 이제는……. 나는 살며시 그의 위에 올라갔다. 지금 그가 잠에서 깨어나면, 경찰에 신고해서 나를 강간죄로, 혹은 추행죄로 고소하려나? 아직 창창한 나이에 성범죄자가 되면 전자발찌를 착용해야 하나? 온갖 상념이 머릿속에서 빙글빙글 돌아가면서도 하반신에서 느껴지는 희열이 잡생각을 덮었다. 갑자기 그가 나를 와락 끌어안아 소스라치게 놀랐다. 그러나 이내 그의 입에서 나오는 신음 섞인 소리들을 식별한 후에야 안심하고 마음껏 허리를 움직였다.

"연정아, 난 네가 돌아올 줄 알았어……. 너도 나 못 잊은 거지? 나도 그동안 너 한 번도 잊었던 적 없어……. 진

짜 보고 싶었어. 향수 바꿨나 봐, 그치, 으음……, 연정아,
와줘서 고마워……. 맨날 나 네 꿈꾸고 그랬던 것 알아,
앗, 좋아……. 연정아……. 진짜 좋아……."

그는 내가 볼일을 다 볼 때까지 잠에서 깨어나지 않았
다. 간혹 으음, 하고 신음하며 몸을 트는 걸 보니 환상인
지 현실인지 구분을 못 하고 있는 듯했다. 그래, 끝까지 그
렇게 생각하도록 해, 베이비. 내 이름은 연정이야. 이 방을
나갈 때까지. 잠든 그가 깨어날까 봐 손으로 입을 막아 신
음 소리가 새어나가지 못하게 해야 했다. 안 나오는 신음
소리를 짜내야 하던 재영과의 섹스와는 질이 달랐다. 나는
무슨 일이 있었는지도 모르고 서서히 힘이 빠져가는 그의
늠름한 물건을 잠시 감사의 마음을 담아 쳐다보았다. 그리
고 책상 위에 있는 최신형 아이패드를 슬그머니 집어 들
었다. 옆에는 애플 에어팟이 있었다. 그것도 집었다. 아이
패드 펜슬도 있네? 이것도 접수. 나 너무 그간 헐값으로
살았는데 꽃값은 받아야지. 중고로 팔면 월세 정도는 융통
할 수 있을 것이다. 어머 도둑년. 도둑년, 하고 스스로에게
놀라면서 나는 슬그머니 내 집으로 돌아왔다. 사람이 코너

에 몰리면 못 하는 짓이 없구나.

어쩌면, 나는 미친 척하고 내일도 저 문을 열지 모른다. 내가 이런 여자구나. 나도 이제 나라는 여자를 잘 모르겠다. 당분간은 내 안에 있는지도 몰랐던 이 낯선 여자와 함께 살아가야 한다. 너, 누구니? 그 안에 이런 내가 있었니? 얘, 우리, 어디로 가야 하지? 응? 또 그 집에 가자고? 난 몰라, 지금 얘가 뭐라는 거야! 중고거래 게시판에 접속해 '아이패드 최저가로 팝니다', '아이패드 펜슬 처분합니다' '에어팟 급처'라는 게시물을 연달아 작성하면서, 나는 내 안에서 목소리를 자꾸 키우는 어떤 여자를 느낀다. 그동안 이재영 때문에 고개도 못 내밀었던 게 억울한지 기세가 상당하다.

어쩌면 그녀는 너무 힘이 세져서 곧 나를 눌러버리고 자신이 전면에 나설지도 모른다. 그렇게 되면 뭐 또 어떻겠는가. 뭐 어떻겠냐고? 이렇게 생각하는 나는 도대체 누구지? 누구세요? 거기 안에 누구시냐고요. 우리 얘기 좀 해요. 그러면서 나는 중고 매물에서 전기충격기를 검색한다. 재영도 한번 찌릿찌릿한 맛을 보고 나면 제정신으로 돌아올지도 모른다. 아, 근데 내가 원하는 정도의 전류를 사용하려면 경찰서에 총도검류 사용 허가를 받아야 하네? 아이 씨 미국에선 마트에서 총이랑 총알도 세트로 판다는데 성가시게시리……. 면밀하고도 냉정히 머리를 굴리다가 다시 나는 흠칫, 놀란다. 아니, 당신, 아가씨, 댁은 도대체 누구세요? 내 안에 지금 계신 분, 누구예요? 누구냐고요. 우리 오늘 처음 만나는 것 같은데, 얘기 좀 해요. 나는 팬티를 벗어 세탁기에 던진다. 저 팬티는, 내 팬티가 아니다. 그럼, 누구 팬티야? 모른다, 나는 아무것도.

작가 노트

어릴 때 공중화장실에 가면 남자의 필적으로 '친구네 집에 놀러 갔는데 친구는 없고 친구 누나가 자고 있었다. 그래서 나는……' 어쩌고저쩌고 하는 음담패설이 적혀 있는 것을 숱하게 보았다. 우리나라만의 일은 아니고, 전 세계적으로 아동 시절부터 남아가 성적 내용으로 공적 장소에 낙서를 하는 경우는 여아의 두 배가 넘는다고 한다. 하나같이 구구절절 똑같았던 '친구네 집에 놀러갔는데 친구는 없고……'를 보면서 그때부터 나는 아마 미러링을 하고 싶었던 모양이다. '어쩌다 옆집 총각 집 문을 열었는데 옆집 총각이 섹시한 자태로 잠들어 있었다. 그래서 나는……'

어쩌고저쩌고 하고 말이다. 빌 클린턴이 미국 대통령 재임 시절 군인들 중 동성애자에 대한 차별을 완화하려는 정책을 취하자 수많은 이성애자들이 분개했는데, 이것은 '공포'에 가까웠다고 한다. 늘 이성을 성적 대상으로 바라보아온 그들은 자신들이 그러한 대상으로 보일 수 있다는 것에 두려움을 느꼈다는 것이다. 왜 게이도 취향이 있다는 생각은 안 할까, 게이가 자신을 보고 성적 매력을 느껴 급기야 자신을 덮치고야 말 거라는 그 강력한 확신, 혹은 자신감은 대체 어디에서 오는지 궁금하고 부럽기까지 하지만, 어쨌거나 그들의 공포감은 진실인 동시에 매우 유구한 역사를 지녔다.

아마도 이 소설집의 독자는 여성분들이 대다수일 거라 생각하지만, 단 한 번도 자신을 약자의 위치에 놓아볼 상상력이 없는 어떤 남성들에게 '옆집에 놀러갔더니 자고 있던' 싱싱한 성적 대상이 되면 기분이 어떨지 짓궂게 묻고 싶었다. 1950년대의 「권태라는 악마」라는 포르노그래피에서 무기력한 주부는 섹스 숍 주인에게서 바이브레이터를 구입한 후 그를 자신의 집에 초대한다. 그녀는 그의 술에

다 약물을 탄 후 자신이 쓰던 딜도와 입으로 그를 범하는데, 이 작품은 당시의 여성들에게 선풍적인 인기를 끌었다고 한다. 간혹 어떤 일들은 단지 성별을 바꿔놓는 것만으로도 큭큭 웃음이 나올 때가 있다. 그렇게 그저 우리가 함께 웃어보았으면 좋겠다. 큭큭큭.

조용히 키보드를 두드릴 수 있도록 자리를 내주신 글을 낳는 집과 연희문학창작촌에 감사드린다.

침묵과 초능력은 사양합니다

장은영 (문학평론가)

명구가 헤어 볼을 토한다. 위액에 삭아서인지 칙칙한 갈색 덩어리가 된 그것을 처음 봤을 땐 배설물인가 싶어 놀라기도 했다. 제 몸을 혀로 쓸어내리다가 몸속으로 들어간 털들이 뭉치가 되어 나온 걸 알고 나서야 놀라움은 안도로 바뀌었다. 하지만 꾸억거리며 온몸에 힘을 주는 걸 보면 안쓰럽기 그지없다. 명구야, 몸속에 가둬두면 병이 될 테니 시원하게 뱉으렴.

좀처럼 말하기 어려운 기억의 뭉치가 턱 밑까지 차오를 때는 녀석이 부럽기도 하다. 고양이처럼 헤어 볼을 토하는 재주라도 있다면 얼마나 좋을까? 내뱉지도 삼키지도 못하는 이 기억들은 대체 어떻게 수습해야 하는 건지 모르겠다. 그래서 나는 그녀들을 유심히 관찰하기로 한다. 나에게도 일어났던 일들, 자매와 친구들에게도 일어났던 가해자와 피해자가 불분명한 사건들, 누구에게 책임을 묻고 누구에게 화를 내야 하는 건지 분별하기 어려운 일들을 겪는 그녀들이 '그것'을 뱉어내는 장면을 말이다.

그녀들을 소개한다. 눈먼 섹스를 하기 위해 찾아온 남자들의 얼굴을 캡처하는 '여자', 무례한 상사에게 한 방 먹이고 자발적으로 잘리는 '나', 어른들의 세계에서 어떤 배려도 받지 못한 채 연애라는 이름으로 섹스를 해야 했던 미성년 '나', 정치적 올바름을 주장하느라 인간에 대한 예의를 상실한 애인과 친구를 떠나는 '보라', 학교 복도에 포스트잇을 붙이는 '유미', 결혼을 꿈꾸며 함께 저축한 데이트 통장을 전 남친에게 털리고 멘탈도 함께 털린 '나'. 그녀들의 이야기는 침묵하기를 사양하며 삼킬 수 없는 말과 기억들을 게워내기 위한 '다시 쓰기rewriting'다.

물론 누군가에게는 별것 아닌 일일 수도……. 하지만 금연 구역에서 담배를 피우지 말아달라고 부탁하는 일조차 고민스러워하는 그녀의 모습(「룰루와 랄라」) 앞에서 나는 웃음이 사라진다. 이렇게 사소한 일에도 큰 용기를 내야 하는 삶은 그렇게 간단하지도 수월하지도 않다는 걸 알기 때문이다. 침묵을 멈추고 첫 문장을 내뱉는 일은 쉽지 않았을 것이다. 그러니 소설을 빌려 기어코 우리에게 말을 걸어오는 그녀들을 보라. "메스껍고 울렁거린다는 표정, 탁 트인 곳으로 가서 소리라도 지르고 싶어 하는 표정"(「룰루와 랄라」)을 짓던 그녀들은 결국 자신을 향했던 혐오와 경멸의 눈빛을, 합의한 적 없이 강요된 동의들을 토해내기 시작한다. 자신의 몸과 영혼을 상처 냈던 무례함과 기만까지도.

미러링

섹슈얼리티sexuality에 대해 흑인 레즈비언 여성운동가 오드리 로드Audre Lorde, 1934-1992는 이렇게 말한 적이 있다.

그것은 내적인 만족감으로 한번 경험해보고 나면 그것을 열망할 수 있음을 알게 된다. 이 깊은 감정이 주는 충만함을 경험하고, 그 힘을 깨닫고 나면, 우리는 경외감과 자기 존중 속에서 이보다 부족한 그 어떤 것에도 만족할 수 없게 된다.(오드리 로드, 주해연 · 박미선 역, 「시스터 아웃사이더」, 후마니타스, 2018, p.71.)

　브래지어를 하지 않는 여성의 몸을 섹시하거나 추하다고 여기는 몸에 대한 편견은 외적인 규범에서 그치지 않는다. 그것은 우리의 영혼에도 치명적인 영향을 끼친다. 여성의 가슴에 집착하는 섹슈얼리티가 브래지어만큼이나 선명하고 가시적으로 규범화되어 있다면 브래지어 안에 갇힌 영혼도 온전할 리가 없지 않은가. 특정한 방식으로 재현된 몸에 종속된 섹슈얼리티는 영혼을 억누르고 자아를 기형화한다. 너무 익숙한 레퍼토리인 「새벽의 방문자들」이나 「누구세요?」의 몇몇 장면에서 확인할 수 있듯이 '지금, 여기'의 섹슈얼리티란, '보는 자'의 성적 판타지를 소비하는/만족시키는 행위로 재현되고 있다. 섹슈얼리티가 몸과 영혼을 통합시키는 충만한 내적 경험이 되는 데 실패하고 지속적인 박탈감과 자기소외를 안겨주는 이유는 그것이 영혼과 자아, 그리고 몸 전체와 분리된 채 사물화

된 몸의 한 부분에만 고착되었기 때문이다.

「새벽의 방문자들」에서 '여자'는 새로 이사 간 오피스텔로 밤마다 찾아오는 남자들을 엿본다. 모르는 남자들의 방문이 처음엔 공포스러웠지만 '여자'는 곧 그들이 성매매를 하기 위해 찾아온 남자임을 알아차린다. 누군가의 경험담이라고만 전해지는 성매매가 진짜 벌어지는 일이라는 걸비로소 확인하게 된 것이다. 섹슈얼리티를 "물다방이니 대딸방이니 풀살롱이니 미러룸이니 하는"(「새벽의 방문자들」) 다양한 형태로 사고파는 곳. 여기가 바로 '여자'와 우리가 살고 있는 세계다. 그런 세계에서 섹슈얼리티는 순간의 쾌락을 위해 소비되는 상품이라는 것을 더는 말할 필요도 없다.

섹슈얼리티의 문제를 당사자의 입장에서 풀어내는 것은 「누구세요?」의 주인공 '지윤'이다. 5년이나 사귄 남자 친구와의 섹스는 연인 관계를 유지하는 행위일 뿐 거기서 어떤 만족도 느끼지 못하는 '지윤'은 결국 남자 친구와 헤어진다. 그런데 '지윤'이 먼저 헤어지자고 지른 이유는 섹스 때문이 아니다. 회사에서 성추행을 당한 후 오히려 회사에서 잘리다시피 한 '지윤'에게 남자 친구는 사표 제출 철회를 회유하며 사회생활이 어쩌고 하는 말을 들먹인 것이다. '지윤'은 그 순간 자신이 남자 친구가 세운 그의 삶한 부분을 완성하는 데 필요한 대상이었음을 깨닫는다. 그 사실은 동시에 '지윤'이 남자 친구의 성적 판타지를 충족시키는 데 필요한 섹스의 대상이었음을 의미한다. 이 때문에 그동안의 섹스는 서로에게 경외감과 자기 존중감을 불어넣는 경험이 아니라 오히려 그것을 박탈하고 소외시키는 경험에 지나지 않았던 것이다. 적어도 '지윤'에게는.

그러나 '여자'와 '지윤'은 자신이 처한 상황을 그대로 받아들이지 않는다. 그녀들은 저만의 방식으로 영혼에 상처 주었던 것들을 게워내기 시작한다. '여자'는 렌즈를 통해 남자들의 얼굴을 바라보고 심지어 얼굴을 촬영한 후 프린트해서 벽에 붙여두기까지 한다. '보이는 자'로서 느꼈던 공포에서 벗어나 자신이 '보는 자'라는 걸 확인하는 이 행동은 여성의 성을 대상으로 취급해온 '보는 자'들을 향한 미러링mirroring이다. 한편 '지윤'은 술에 취한 채 옆집 남자를 범하면서 전에 느껴보지 못한 만족감을 맛본다. '지윤'의 행위는 남성을 성적 행위의 주체로, 여성을 타자/대상으로 젠더화한 기형적인 섹슈얼리티를 반사하는 미러링이

다. 현실과 몽상을 넘나드는 이 사건은 표면적으론 '지윤'
이 자신의 성적 욕망을 충족시키며 절도까지 저지르는 엉
뚱 생뚱한 일탈로 처리된다. 그러나 실상은 상대의 인격을
제거하고 타자화하는 섹슈얼리티가 심각한 범죄임을 폭로
하기 위한 혹독한 미러링이다.

소녀들

　록그룹의 팬으로서 그들을 쫓아다니며 성적 파트너가
된 여성들을 지칭하는 데서 유래한 말 '그루피groupie'는 문
화적 현상을 일컫는 용어라기보다 성적 대상이 된 재현
물을 일컫는 용어에 가깝다. 남성 스타와 그를 따르는 여
성 팬이 나눈 사랑의 내막이야 알 수 없지만 그녀들을 뭉
뚱그려 그루피라고 부를 때 그 말에는 인격보다는 섹슈
얼리티를 자극하는 성적 대상만이 존재한다. '베이비 그
루피'인 경우엔 더더욱 그렇다. 고등학교 시절 무명 밴드
의 멤버와 사귀는 경험이 멋진 성장담이 될 수 있으면 좋
으련만 「베이비 그루피」에서는 그렇지가 못하다. 어린 소

녀이기 때문에 오히려 어른들의 세계에서 소외를 경험했던 '나'. '나'는 시간이 좀 지난 후에 "초대되지 않은 세계에 편법으로 침투"했다가 "끝내는 부끄러운 몰골로 추방"(「베이비 그루피」)당했던 자신의 모습을 마주한다. 그 계기는 자신과 비슷한 경험을 했던 친구 '초'와의 만남이다. '초'를 만나기 전까지는 누구에게도 말하지 못한, 아니 미처 돌아보고 싶지 않았던 기억과 수치심을 뱉어낸 후에야 '나'는 상처를 마주할 수 있게 된 것이다. 그 시절 자신에게 쏟아진 혐오의 눈빛과 "콘돔을 사용하지 않"는 'P'의 무지와 무례함 때문에 생긴 상처를.

「유미의 기분」에서도 사건은 '유미'와 같은 세상의 많은 소녀들을 존중할 줄 모르는 어른들의 비윤리적이고 기만적인 태도에서 기인한다. 최근 우리 사회에서 쟁점이 된 스쿨미투와 성소수자 문제를 함께 배치한 이 소설은 하위젠더로서 미투 폭로자와 성소수자들이 겪는 폭력을 재현하고 있다. 유미의 학교로 가보자. 선생님들의 추행을 폭로하는 포스트잇이 하나의 벽에 모이자 그것은 무시할 수 없는 목소리가 되고 학교 측은 "긴급회의"를 한 후 "'교직원 일동'이라는 이름으로 사과문"(「유미의 기분」)을 붙인

다. 그런데 이상하게도 정작 소외되는 것은 폭로자인 유미 자신이다. 잘못은 잘못이지만 그게 그럴 수도 있는 일이고 그렇게 삐딱하게 볼 일은 아니라는 듯한 선생들과 어린 공모자들의 태도는 "유미만 이상한 사람이 되도록"(「유미의 기분」) 만든다. 타인의 기분 특히 나이, 성, 사회적 지위가 자기보다 아래인 타인의 기분 따위는 중요할 리 없는 선생들. 그들은 제자가 사랑스러워서 또는 격려하고 싶어서 그랬다는 자신의 의도만을 강조한다. '유미'는 아직 어른의 잘못을 판단할 만한 주체가 아니라는 듯이. 그런 막강한 뻔뻔함 앞에서 함께 웃어주지 않고 자신의 존엄을 온몸으로 지키는 '뻣뻣한' 세상의 수많은 '유미들'에게 우리는 어떻게 사과해야 할까. 선생이었던 '형석'이 어떻게 사과해야 하는지를 오래 고민한 것처럼 우리에게도 그런 고민의 시간이 '꼭' 필요하다.

연애, 결혼

삶은 단순하지 않다. 삶의 주인공인 자신을 설명하는 것도 쉬운 일이 아니다. 나를 규정하는 규범과 질서들이 일상과 얽혀 있는 복잡한 삶의 세계에서 옳고 그름을 분별하며 자신의 입장을 설명한다는 것이 실은 얼마나 어려운 일인가. 젠더, 계층, 노동, 학벌, 집안 등이 동시다발적으로 작동하는 연애나 결혼에서는 특히나 더. 그렇기 때문에 부부나 연인에게 현실적 조건을 뛰어넘으라는 건 초능력자가 되라는 말과도 같다. 동거 중인 비정규직 남자와 사실상 실직 상태인 프리랜서 여자의 결혼(「롤루와 랄라」)이나 대학을 졸업하고 거의 월급이 없는 시민운동 단체에서 일하는 남자와 여자의 연애(「예의 바른 악당」)가 낭만적 사랑으로 충만하려면 둘 중 하나는 조용히 고통을 삭이며 침묵하는 초능력을 발휘해야 하는 것이다. 어떤 말도 한 귀로 듣고 한 귀로 흘리며, 아무리 하고 싶은 말도 자기 목구멍으로 삼켜야 하는 초능력을. 주관적 판단일지도 모르지만 한국 사회에서는 그 초능력을 주로 여성에게 기대해온 것 같다. 예나 지금이나. 한밤에 물 한 그릇 떠놓고 달에게 기도하며 말을 삼키던 여성의 초능력이 비정규직 노동자가 육백만을 훌쩍 넘는 21세기에도 여전히 요구되고 있으니 이것이야말로 참으로 복잡한 상황이다.

「룰루와 랄라」에서 '나'는 생계에 대한 자기 몫의 책임을 지기 위해 기꺼이 공장에 취직한다. 공장에는 나이 많은 '아줌마들'뿐이고, 관리자급 상사는 한참 어린 남자. 너무도 전형적인 이 상황은 여성 고용률이 남성 고용률과 맞먹는다는 통계와 그것을 양성평등의 증거라고 내세우는 말들에 실소하게 만든다. 공장에서 그들의 관계는 전문직 직장인과 반찬값 보태려고 나온 비전문직 아줌마에 지나지 않고, 단순노동에 종사하는 하위계층 노동자인 아줌마를 향한 태도는 무례하기 짝이 없다. '나'는 결국 아줌마를 향한 무례함을 똑같이 갚아주고 자발적으로 해고된다.

해고된 '나', 그리고 동네를 배회하는 '룰루'는 갈 곳이 없는 사람들이다. 그녀들은 공적 세계로부터 소외된 여성들을 상징적으로 보여준다. 결혼 이후 출산과 육아와 가사를 감당하는 그녀들에게 개방된 공적영역이 없다는 것은 21세기라고 달라질 리 없다. 가정이라는 사적영역에서 고립되고 소외된 무급 노동으로써 그녀들이 감당하는 '그림자 노동'(이반 일리치)은 지금도 여전히 재생산 노동으로 인정받지 못한다. 주인공인 '나'가 '겸'에게 바나나를 잘라주는 일도 노동이 아닌 남편을 향한 아내의 애정 어린 행동으로 보이지 않았는지? 경제가 성장할수록 그림자 노동은 강화된다는 이반 일리치의 예견이 시사하는 바는 첫째, 결혼이 그림자 노동에 종사하는 여성을 차별하는 제도라는 것, 둘째, 그림자 노동은 가부장제만이 아니라 자본주의와 연동된 문제라는 점이다. 그런 점에서 오늘날 확산되는 돌봄노동은 말을 좋게 바꾸자는 캠페인이 아니라 가부장제와 자본주의가 결탁해서 강요하는 그림자 노동에 대한 저항적 의미를 띤다. 다시 이야기로 돌아와 공적영역에서 소외된 여성들이 만나는 장소에 주목해보자. 그녀들은 우연히 버스 정류장에서 만나게 된다. 떠나기 위해 모인 그 불안정한 장소는 '나'와 '룰루'의 연대가 시작된 곳이다. 세상을 떠난 '룰루'의 첫아이가 그러하듯 세계로부터 이름을 박탈당한 자들이 모이는 장소 아닌 장소. 그곳에서 그녀들은 서로를 기억하겠다는 우정을 나눈다. 공장이든 길거리든 어디든 사회는 그녀들을 '아줌마'라고만 부르지만 그녀들은 스스로 "자기가 소중해서 남도 소중히 여기는 사람"(「룰루와 랄라」)으로 남고자 한다.

'보라'도 자리가 없기는 마찬가지다. 그녀는 심지어 비정규직 대열에도 들지 못한 청년이다. 대학 졸업 후 취업

대신 시민운동에 뛰어들었으나 삶도 신념도 불안정한 '보라'. 그녀와 사귀는 선배는 매사 정치적 올바름을 내세우는 스타일이고, 말 그대로 피씨PC한 사람이다. 말끝마다 흙수저인 '보라'와 금수저인 '지나'를 저울질하며 '보라'의 자존감을 무너뜨리는 그는 정치적 올바름은 알아도 인간에 대한 예의를 모른다. '지나'와 밤을 새우고 와서도 여자 친구인 '보라'를 향해 "너 지금 우리를 의심하는 거니? 너 정말 한심한 종자구나."(「예의 바른 악당」)라고 도리어 화를 내는 자기기만형 캐릭터. 보라가 그 선배를 동경하게 된 것은 정치적 올바름을 외치는 모습 때문이었는지 몰라도 그가 떠난 후에 보라가 기억하는 건 비아냥대며 훈계와 조소를 날리는 그의 모습이다.

무례한 그는 친절한 '지나'와 함께 '보라'를 소외시켰다. 자신이 가진 걸 나누는 친절을 베풀었지만 동시에 '보라'를 자기 오피스텔의 1.5평 안으로 소외시켜 버린 '지나'. 한집에서 지냈지만 '보라'와 '지나'가 결코 마음이 통하는 관계에 도달하지는 못한 이유는 '보라'가 자신과 다른 기분, 다른 마음일 수 있다는 걸 생각지 않았기 때문이다. 선배는 자신과 다른 '보라'를 훈계했고, '지나'는 자신과 다른 '보라'에게 시혜를 베풀었을 뿐이다. 결과적으로 그들 속에서 '보라'는 한 번도 당당하지 못했다. 연애나 우정으로 보였던 관계에서 소외를 느끼면서도 침묵했던 보라는 정치적 올바름으로 무장한 세계를 떠나면서 정말 중요한 것이 무엇인지 떠올린다. "선배는 왜, 사람들을 화나게 해요?"라는 질문으로써 '보라'는 침묵과 자기소외를 그만두고 각자의 차이를 외면하는 정치적 올바름의 기만을, 선을 그음으로써 타인을 오히려 소외시키는 위선적인 환대의 폭력을 그들에게 말해줄 작정이다.

페미니즘 소설이란 이제 하나의 장르다. 소설로 발화된 픽션이라고 단정할 수 없는 이야기들이 이미 시작되었고 앞으로도 이야기는 계속될 것이다. 나와 자매들의 이야기를 닮은 소설들을 따라가 보면 젠더, 섹슈얼리티 같은 추상적 개념들이 결혼, 연애와 같은 삶의 과정이자 제도들과 더불어 일상을 지배하며 우리의 몸과 영혼에 깊은 영향을 끼치고 있음을 알게 된다. 페미니즘이란 말로 다 수렴해도 될지 모르겠지만 내가 관찰한 것은 페미니즘이 제기하는 현상들을 들여다보면 볼수록 거기에는 인간의 윤리·존엄과 같은 근본적 문제들이 놓여 있다는 사실이다. 침묵으로 대처하거나 초능력을 발휘해서 무마해버리면 안 되는 삶의 근본 조건들, 그 앞에서 나는 깊게 호흡해본다. 자, 어디서부터 나의 이야기를 시작해볼까.

장은영
2014년 세계일보 신춘문예에 문학평론 「버스에서 일어나는 작은 기적」이 당선되어 평론 활동을 시작했다.

테마소설 **페미니즘**

새벽의 방문자들

초판 1쇄 발행 2019년 7월 5일
초판 2쇄 발행 2019년 7월 17일

지은이 장류진 하유지 정지향 박민정 김현 김현진
펴낸이 김선식

경영총괄 김은영
책임편집 임경섭 **디자인** 박수연 **크로스교정** 조세현 **책임마케터** 기명리
콘텐츠개발6팀장 백상웅 **콘텐츠개발6팀** 임경섭, 박수연, 최지인
마케팅본부 이주화, 정명찬, 최혜령, 이고은, 권장규, 허윤선, 김은지, 박태준, 배시영, 기명리, 박지수
저작권팀 한승빈, 이시은
경영관리팀 허대우, 박상민, 윤이경, 김민아, 권송이, 김재경, 최완규, 손영은, 이우철, 이정현

펴낸곳 다산북스 **출판등록** 2005년 12월 23일 제313-2005-00277호
주소 경기도 파주시 회동길 357 2, 3층

대표전화 02-704-1724 **팩스** 02-703-2219 **이메일** dasanbooks@dasanbooks.com
홈페이지 www.dasanbooks.com **블로그** blog.naver.com/dasan_books
종이 ㈜한솔피앤에스 **인쇄·제본** ㈜갑우문화사

ISBN 979-11-306-2301-6 (03810)